AF209104

Wolfgang Constance

Englisch in 10 Tagen

Sprachkurs mit einer neuen Methode

Bibliografische Information der Deutschen Bibliothek: Die Deutsche Bibliothek verzeichnet diese Publikation in der Deutschen Nationalbibliografie; detaillierte bibliografische Daten sind im Internet über http://dnb.ddb.de abrufbar.

© 2012 Wolfgang Constance
Herstellung und Verlag: Books on Demand GmbH
Norderstedt
ISBN 978-3-8482-0810-4
Umschlagbild: Big Ben, das Wahrzeichen von London.
Foto: Wolfgang Constance

Inhalt

Erster Tag

The customs check / Die Zollkontrolle

Place: The airport Leonardo da Vinci in Rome.
Ort: Flughafen Leonardo da Vinci in Rom.
Tourist T, customs officer / Zöllner Z

Z   Good afternoon (gud 'aafte'nuun). Guten Tag. Your
    passport please (jur 'paaspoot pliis). Ihren Pass bitte …
    The passport has expired (häs ik'spaied). Der Pass ist
    abgelaufen.

T   Sorry. Tut mir leid. This is my identity card (mai ai-
    'dentiti kaad). Hier ist mein Personalausweis. I have
    been travelling for a long time in England (ai häv biin
    trävling foor e long taim in 'inglend). Ich bin lange
    Zeit in England auf Reisen gewesen. Is there anything
    new in Italy (is theer 'enithing njuu in 'iteli)? Gibt es
    etwas Neues in Italien?

Z   I do not know (ai duu not nou). Ich weiß nicht. Do you
    have anything to declare (duu juu häv 'enithing tuu di-
    'kleer)? Haben Sie etwas zu verzollen?

T   I do not have anything to declare. Ich habe nichts zu
    verzollen.

Z   *Open* this case (oupen this keis)! *Öffnen Sie* diesen Kof-
    fer! Now I know something new for you (nau ai nou
    'samthing njuu foor juu). Jetzt weiß ich etwas Neues für
    Sie. You have to pay duty on this (juu häv tuu pei 'djuu-
    ti on this). Sie müssen für das hier Zoll bezahlen.

T   But (bat) this is a gift. Aber das ist ein Geschenk.

Z   For whom (foor huum)? Für wen?

T   For you. Für Sie.

Z   Thank you very much (thänk juu 'veri matsch). Ich
    danke Ihnen sehr.

T   Do not mention it (duu not 'menschen it). Nichts zu
    danken.

5

Unterstrichene oder kursiv geschriebene Wörter haben die gleiche Bedeutung.

Die Betonung wird in der Lautschrift durch Apostroph vor dem betonten Teil des Wortes oder durch Fettdruck angezeigt, z.Bsp.

'paaspoot oder paaspoot

Die Aussprache des Englischen

Vokale (Selbstlaute)

LS	Erklärung	Beispiel	Laut-schrift (LS)	Über-setzung
a	kurzes a wie in was	much	matsch	viel
aa	langes a wie in Vater	park	paak	Park
ä	wie in Gärtner	man	män	Mann
e	wie in bitte	arrival	e'raivel	Ankunft
e	wie in Brett	let	l*e*t	lassen
i	kurzes i wie in Mitte	kiss	kis	Kuss
ii	langes i wie in Riese	meet	miit	treffen
o	wie in Gott	not	not	nicht
oo	langes o wie in Rose	morning	mooning	Morgen
ö	wie in Hörner	word	wöd	Wort
u	wie in Mutter	book	buk	Buch
uu	langes u wie in Schuh	room	ruum	Raum
ai	wie in Mai	time	taim	Zeit
au	wie in blau	now	nau	jetzt
ei	Aussprache äi	say	sei	sagen
ou	wie in Show	home	houm	Heimat

6

Konsonanten (Mitlaute)

LS	Erklärung	Beispiel	Laut-schrift (LS)	Über-setzung
j	wie in jung	young	jang	jung
r	Gaumen-r	room	ruum	Raum
s	wie in Sonne	sun	san	Sonne
sch	stimmlos wie in schade	shop	schop	Kauf-haus
tsch	wie in tschüss	much	matsch	viel
sch	stimmhaft wie g in Etage	television	'telivi<u>sch</u>en	Fern-sehen
d<u>sch</u>	wie in Dschungel	bridge	brid<u>sch</u>	Brücke
th	gelispeltes s	thanks	thänks	Dank
v	wie deutsches w	very	'veri	sehr
w	sehr kurzes u + w	quick	kwik	schnell

Das englische Alphabet

A ei, B bii, C sii, D dii, E ii, F *ef*, G d<u>sch</u>ii, H eitsch, I ai,
J d<u>sch</u>ei, K kei, L *el*, M *em*, N *en*, O ou, P pii, Q kjuu,
R aar, S *es*, T tii, U juu, V vii, W 'dabljuu, X *eks*, Y wai,
Z *sed*

Abkürzungen

Merksatz	MS
Singular / Einzahl	Sg / EZ
Plural / Mehrzahl	Pl / MZ
Ableitung der Grammatikregel(n)	A
Erweitertes Sprachprogramm	**E**
Lautschrift	LS

Lernen Sie bitte noch die unterstrichenen Wörter im Vokabular von <u>Abend</u> bis <u>Bett</u>.

Zweiter Tag

Where is the station / Wo ist der Bahnhof?

Place / Ort: London
Tourist T, passer-by / Passantin P

T   Excuse me madam (ik'skjuus mii 'mädem). Entschuldi-
    gung, meine Dame. Could you give me some infor-
    mation (kud juu giv mii sam infe'meischen)? Können
    Sie mir einige Informationen geben? Where is the
    Victoria Station (weer is the 'steischen)? Wo ist der
    Victoria Bahnhof?
P   In the city center ('siti 'senter). Im Stadtzentrum.
T   Can I go *there* on foot (kän ai gou theer on fut)? Kann
    ich zu Fuß *dorthin* gehen?
P   It is not possible because it is too far (not 'posebl bi'kos
    tuu faar). Das ist nicht möglich, weil es zu weit ist. The
    station is ten kilometers from here (ten ki'lomiters from
    hier). Der Bahnhof ist 10 km von hier.
T   How do I get to the station (hau duu ai get tuu the 'stei-
    schen)? Wie komme ich zum Bahnhof?
P   Do you prefer bus or underground (pri'för bas oor 'ande-
    graund)? Bevorzugen Sie den Bus oder die Untergrund-
    bahn? Both of them go to the station (bouth of them gou
    tuu the 'steischen). Beide fahren zum Bahnhof.
T   It's all the same (seim) to me. Das ist mir egal. Where is
    the bus stop or the underground station (weer is the bas
    stop or **thi** 'andegraund 'steischen)? Wo ist die Bushalte-
    stelle oder die U-bahn - Station?
P   There is the bus stop. Dort ist die Bushaltestelle.
T   Which (witsch) bus goes (gous) to the station? Welcher
    Bus fährt zum Bahnhof?
P   I think it's the bus number eleven ('namber i'leven). Ich
    denke es ist der Bus Nummer elf.

8

T How many (meni) stops are (aar) there until (en'til) the station? Wie viele Haltestellen sind es bis zum Bahnhof?

P Sorry, I do not know (nou). Es tut mir leid, ich weiß es nicht.

T It does (das) not matter ('mäter). Das macht nichts.
Thank you very much (thängk juu 'veri matsch). Vielen Dank.

Der bestimmte Artikel

MS **The** boy and **the** girls go to the English teacher.
LS: The boi änd the göls gou tuu **thi** inglisch 'tiitscher.
Der Junge und die Mädchen gehen zum Englischlehrer.

A **Der bestimmte Artikel ist immer gleich d.h. unab - hängig von Geschlecht und Zahl des zugehörigen Hauptworts.**
The / der, die das, die (Mehrzahl) wird vor Wörtern, die in der Aussprache mit einem Vokal beginnen, als **thi** gesprochen.

E Mit oder ohne Artikel?

MS Most (1) of the pianists were successful, but Mary was the most successful (2).
Die meisten Pianistinnen waren erfolgreich, aber Mary war die erfolgreichste.

A Most: ohne Artikel (1). Ausnahme: Beim Superlativ mit Artikel (2).

MS Mary plays the piano (1) because she likes music (2) above all the music of Brahms (3).
Mary spielt Klavier, weil sie die Musik liebt, vor allem die Musik von Brahms.

A Wenn jemand ein Instrument spielt: mit Artikel (1).
Abstrakte Begriffe: ohne Artikel (2).
Bei näherer Erläuterung des Begriffs: mit Artikel (3).

MS On the Monday of the concert (1) Mary goes by
    bus (2) to Regent's Park (3), Regent Street (4),
    Piccadilly Circus (5) and Royal Albert Hall (6).
    Am Montag des Konzerts fährt Mary mit dem Bus
    zum Regent Park, zur Regent Straße, zum Piccadilly
    Circus und zur Royal Albert Hall.

A   Wochentage und Monate **ohne** Artikel, bei näherer
    Erläuterung mit Artikel (1).
    Ohne Artikel: by + Verkehrsmittel (2), Parks (3),
    Straßennamen (4), Plätze (5) und Gebäude (6).

MS After the concert Mary invites some friends to the
    Ritz (1) for dinner (2).
    Nach dem Konzert lädt Mary einige Freunde in das
    Ritz zum Abendessen ein.

A   Hotelnamen: mit Artikel (1).
    Mahlzeiten: ohne Artikel (2).

MS The next concert is in Europe (1). On the flight to
    Switzerland (2) Mary sees the Thames (3), the Atlan-
    tic Ocean (4), Lake Geneva (5) and Mont Blanc (6).
    Das nächste Konzert ist in Europa. Auf dem Flug in
    die Schweiz sieht Mary die Themse, den Atlantischen
    Ocean, den Genfer See und den Mont Blanc.

A   Ohne Artikel: Kontinente (1), Länder (2).
    Mit Artikel: Flüsse (3), Ozeane (4).
    Ohne Artikel: Seen (5), Berge (6).

MS By air Mary needs half the time but pays double the
    price.
    Im Flugzeug braucht Mary die halbe Zeit, zahlt jedoch
    den doppelten Preis.

A   Der Artikel steht hinter half und double:
    half the time / die halbe Zeit
    double the price / der doppelte Preis
    hinter twice (zweimal):
    twice the profit / der doppelte Gewinn
    hinter all (ganze/r/s):
    all the time / die ganze Zeit.

10

Der unbestimmte Artikel

MS   A concert (1) was given by a European (2) pianist
       and an American (3) violinist for an hour (4).
       LS: E 'konset wos given bai e juere'piien 'pienist
       änd en e'meriken vaie'linist foor en 'auer.
       Ein einstündiges Konzert wurde von einem europäi-
       schen Pianisten und einem amerikanischen Geigen-
       spieler gegeben.

A   **Der unbestimmte Artikel a (ein/e) steht vor
       Wörtern, die mit einem Konsonant beginnen (1)
       und vor eu und u, die wie j ausgesprochen werden
       (2); a wird zu an vor Vokalen (3) und vor einem
       nicht ausgesprochenen h (4).**

E

MS   Mary is a pianist, an Englishwoman and an Ang-
       lican.
       Mary ist Pianistin, Engländerin und Anglikanerin.

A   Der unbestimmte Artikel wird bei Gruppenzuord-
       nungen verwendet (z. Bsp. Beruf, Nationalität,
       Religion).

MS   Apples are 40 pence a kilo (1) and 20 pence for
       half a kilo (2).
       Die Äpfel kosten 40 Pence je Kilo und 20 Pence je
       halbes Kilo.

A   Bei Angaben zu Preis (Geschwindigkeit, Häufig-
       keit) entspricht der unbestimmte Artikel a dem
       deutschen Wort 'je' (1); a steht hinter half (2).

Konjugation der Verben be, have, do, go (Präsens)

1 ich bin	I **am** (ai äm) 1	I have (ai häv) 2
2 ich habe	you are (juu aar)	you have
	he/she/it **is**	he/she/it **has** (häs)
	we/you/they are	we/you/they have

11

Be wird als <u>selbstständiges Verb</u> verwendet (z. Bsp. Mary <u>is</u> a pianist / Mary ist Pianistin) und als <u>Hilfsverb</u> (z. Bsp. Mary <u>is playing</u> the piano / Mary spielt Klavier).
Have wird als <u>selbstständiges Verb</u> verwendet (Mary <u>has</u> a piano / Mary hat ein Klavier) und als <u>Hilfsverb</u> (Mary <u>has played</u> the piano / Mary hat Klavier gespielt).

1 ich tue	I do (ai duu) 1	I go (ai gou) 2
2 ich gehe	you do	you go
	he/she/it **does** (das)	he/she/it **goes** (gous)
	we/you/they do	we/you/they go

Die Grundzahlen

0 zero ('sierou)	30 thirty ('thöti)
1 one (wan)	40 forty ('footi)
2 two (tuu)	50 fifty ('fifti)
3 three (thrii)	60 sixty
4 four (foor)	70 seventy
5 five (faif)	80 eighty
6 six (siks)	90 ninety
7 seven ('sevn)	100 a/one hundred
8 eight (eit)	e/wan 'handrid
9 nine (nain)	101 a hundred and one
10 ten (ten)	e 'handrid änd wan
11 eleven (i'levn)	200 two hundred(1)
12 twelve (twelf)	tuu 'handrid
13 thirteen ('thö'tiin)	1000 a/one thousand
14 fourteen ('foor'tiin)	e/wan 'thausend
15 fifteen ('fif'tiin)	2000 two thousand (1)
16 sixteen ('siks'tiin)	tuu 'thausend
17 seventeen ('sevn'tiin)	1000000 a/one million
18 eighteen ('ei'tiin)	e/wan 'miljen
19 nineteen ('nain'tiin)	2000000 two million (1)
20 twenty ('twenti)	tuu 'miljen

(1) Nach einer Zahl wird an hundred, thousand, million kein -s angehängt.

Die Ordnungszahlen

Der, die , das
erste   first (föst)
zweite   second ('sekend)
dritte   third (thöd)
Ab der vierte bildet man die Ordnungszahl, indem man an
die Grundzahl **-th** anhängt, z. Bsp.
four / vier   four**th** / der vierte
hundred / hundert   hundred**th** / der Hundertste
thousand / Tausend   thousand**th** / der Tausendste
Bei den Zehnerzahlen ersetzt man die Endung -y der
Grundzahl durch **-ieth**, z.Bsp.
for**ty** / vierzig   fort**ieth** / der vierzigste

Die Bruchzahlen

Ein halb   a half (e haaf)
Ab ein Drittel bildet man die <u>Bruchzahl</u> durch die
<u>Kombination von Grundzahl und Ordnungszahl</u>:
1/3   one third
2/3   two thirds
1/4   one fourth (a quarter)
3/4   three fourths

Die Uhrzeit

What time is it (wot taim is it)? Wie viel Uhr ist es?
                        It is
1.00   one o'clock ('wan e'klok)
1.05   five past one (faif paast wan)
1.15   quarter past one ('kwoote)
1.30   half past one (haaf)
1.45   quarter to two (tuu tuu)
2.00   two o'clock

Regelmäßige und unregelmäßige Verben

Bei den englischen Verben unterscheidet man **3 Formen**:
1. Form: **Grundform**, z. Bsp. call (kool) / rufen.
2. Form: **Vergangenheit**, z. Bsp. I <u>called</u> (koold) / ich <u>rief.</u>
3. Form: **Partizip Perfekt**, z. Bsp. I have <u>called</u> (koold) / ich habe <u>gerufen.</u>

Bei den **regelmäßigen Verben** kann man von der 1. Form ausgehend die 2. und 3. Form mit folgender Regel ableiten:
1. Form + **-ed** > 2. und 3. Form, z. Bsp.
call + **-ed** > called: 2. Form (rief) und 3. Form (gerufen).
Von **unregelmäßigen Verben** spricht man, wenn die 2. und 3. Form nicht mit Hilfe dieser Regel abgeleitet werden kann.

E <u>Verben mit **einem** Wort für alle 3 Formen</u>

Bei cost / kosten wird das gleiche Wort für die Grundform, die Vergangenheit und das Partizip Perfekt verwendet:
Grundform (kosten): **cost**
Vergangenheit (kostete): **cost**
Partizip Perfekt (gekostet): **cost**

MS Let's **cut** and **hit** without **hurting** ourselves and after that **put** down the hammer and the knife and **shut** the door.

A Weitere Verben mit **einem** Wort für alle 3 Formen:
let (let) lassen, cut (kat) schneiden, hit schlagen, hurt (höt) verletzen, put legen, shut (schat) schließen.
Ausserdem: bet (bet) wetten, set (set) setzen, spread (spred) verbreiten.

Lernen Sie bitte noch die unterstrichenen Wörter von <u>bezahlen</u> bis <u>Eintrittskarte.</u>

Dritter Tag

The strike / Der Streik

Place: The King's Cross Station in London.
Ort: Der King's Cross Bahnhof in London.
Tourist T, employee / Angestellter A

T *in front of the ticket office / vor dem Fahrkartenschalter*: When does the next train to Edinburgh leave (wen das the nekst trein tuu 'edinbere liiv)? Wann fährt der nächste Zug nach Edinburgh?

A I do not know (nou). Ich weiß es nicht. Instead of the time table we have been on strike since yesterday (in-'sted of the taim teibl wii häv biin on straik sins 'jeste-dei). Anstatt des Fahrplans haben wir seit gestern einen Streik.

T Which platform does the train leave <u>from</u> (witsch 'plät-foom das the trein liiv from)? <u>Von</u> welchem Bahnsteig fährt der Zug ab?

A From platform six (siks). Von Bahnsteig sechs.

T Do I have to change trains (duu ai häv tuu tscheind<u>sch</u> treins)? Muss ich umsteigen?

A Yes, you have to change trains at York (jook). Ja, Sie müssen in York umsteigen.

T How (hau) long is the journey ('d<u>sch</u>öni)? Wie lange dauert die Fahrt?

A Normally ('noomeli) five hours ('auers), but (bat) today (te'dei) because of the strike eight (eit). Normalerweise fünf Stunden, aber heute wegen dem Streik acht.

T How many (meni) days did the strike last (laast) the time before? Wie viele Tage hat der Streik das vorige Mal gedauert?

A I do not know. Ich weiß es nicht.

T Is there (theer) a couchette (kuu'schet)?

15

Gibt es einen Liegewagenplatz?

A Yes, but because of the strike only ('ounli) until (en'til) York. Ja, aber wegen dem Streik nur bis York.

T I would like to reserve a window seat and a couchette (ai wud laik tuu ri'söv e 'windou siit änd e kuu'schet). Ich möchte einen Fensterplatz und einen Liegewagen-platz reservieren. Please give me a second-class return ticket, the return journey without the strike (pliis giv mii e 'sekend-klaas ri'tön 'tikit, the ri'tön dchöni with'aut the straik). Bitte ein Rückfahrtticket der 2. Klasse, die Rückfahrt ohne Streik.

Hauptwörter (Substantive)

Die Mehrzahl wird gebildet, indem an die Einzahl ein -s angefügt wird (z. Bsp. car / Auto Pl cars).

E Unregelmässige Mehrzahl

MS The la**dy** goes by bus to the restaurant and eats the pota**to** with the kni**fe**.
Die Frau fährt mit dem Bus zum Restaurant und isst die Kartoffel mit dem Messer.

Pl The la**dies** (1) go by bus**es** (2) to the restaurants and eat the pota**toes** (3) with the kni**ves** (4).

A
Wortendung		Pluralendung
Konsonant + y	+ es >	**ies** (1)
s, ss, sh, ch, x, z	+ es >	**es** LS is (2)
Konsonant + o	+ es >	**oes** (3)
f, fe	+ es >	**ves** LS vs (4)

MS The children's teeth and feet are smaller than those of men and women.
Die Zähne und Füße der Kinder sind kleiner als die von Männern und Frauen.

	EZ	MZ
Kind	child	children
Zahn	tooth	teeth
Fuß	foot	feet
Mann	man	men
Frau	woman	women ('wimin)

E Wörter mit fehlender Einzahlform

MS She takes off the **trousers**, the **tights** and the **pants**;
then she puts on the **pyjamas**, which **are** very nice.
Sie zieht die Hose, die Strumpfhose und die Unterhose
aus; dann zieht sie den Pyjama an, der sehr schön ist.

A Dinge, die aus zwei gleichen Teilen bestehen, haben
keine Einzahlform und sind mit einem Verb im Plural
verbunden.

E Wörter mit fehlender Pluralform

MS **News** is interesting, **information** is more interesting
and **advice** is the most interesting.
Nachrichten sind interessant, Informationen sind
interessanter und Ratschläge sind am interessantesten.

Wochentage

Montag	Monday ('mandei)
Dienstag	Tuesday ('tjuusdei)
Mittwoch	Wednesday ('wɛnsdei)
Donnerstag	Thursday ('thösdei)
Freitag	Friday ('fraidei)
Samstag	Saturday ('sätedei)
Sonntag	Sunday ('sandei)

Monate

Januar	January ('<u>dsch</u>änjueri)
Februar	February ('februeri)
März	March (maatsch)
April	April ('eiprel)
Mai	May (mei)
Juni	June (<u>dsch</u>uun)
Juli	July (<u>dsch</u>uu'lai)
August	August ('oogest)
September	September (sep'tember)
Oktober	October (oc'touber)
November	November (nou'vember)
Dezember	December (di'sember)

Jahreszeiten

Frühling	spring (spring)	Herbst	autumn ('ootem)
Sommer	summer ('samer)	Winter	winter ('winter)

Datumsangabe

MS What's the date today (wot's the deit te'dei)?
Den wievielten haben wir ?
To day is the 1st /2nd /4th/20th **of** May.
Heute ist der 1./2./4./20. Mai.

E Unregelmäßige Verben

Grundform und Partizip Perfekt sind gleich:

come (a)	came (ei)	come (a)	kommen
become (a)	became (ei)	become (a)	werden
run (a)	ran (ä)	run (a)	rennen, laufen

Lernen Sie bitte noch die Wörter von <u>Eintrittspreis</u> bis <u>Führung.</u>

18

Vierter Tag

The breakdown / Die Autopanne

Place: London
Tourist T, passer-by / Passant P, employee /
Angestellter A, mechanic / Mechaniker M

T Excuse me, where is the nearest garage (ik'skjuus
   mii, weer is the nierest 'gäraa<u>sch</u>)? Entschuldigung,
   wo ist die nächste Werkstatt?

P (*smiling / lachend*) Five meters behind you (faif
   'miiters bi'haind juu). Fünf Meter hinter Ihnen.

A Hello, what's the matter (he'lau, wot's the 'mäter)? Guten Tag, was gibt es?

T My car has broken down (mai kaar häs 'brouken daun).
   Mein Auto ist kaputt. Could you check my car (kud
   juu tsch<u>e</u>k mai kaar)? Können Sie mein Auto kontrollieren? It has just stopped and does not start (it häs
   d<u>sch</u>ast stopd änd das not staat). Es hat gerade angehalten und startet nicht.

A Where has it stopped ? Wo hat es angehalten?

T Exactly in front of the garage (ig'säktli in frant of the
   'gäraa<u>sch</u>). Genau vor der Werkstatt.

A Well done, it's a good car (wel dan, it's e gud kaar)!
   Gut gemacht, ein gutes Auto! Please give me the car key
   (pliis giv mii the kaar kii). Geben Sie mir bitte den
   Autoschlüssel. While my mechanic checks the car you
   can drink a coffee (wail mai mi'känik tsch<u>e</u>ks the car juu
   kän dringk e 'kofi). Während mein Mechaniker das Auto
   kontrolliert, können Sie einen Kaffee trinken.
   The mechanic <u>returns</u> after 5 minutes. Der Mechaniker
   <u>kehrt</u> nach 5 Minuten <u>zurück</u>.

T Why does not start the car (wai das not staat the kaar)?
   Wieso startet das Auto nicht?

M Have a guess (häv e ges). Raten Sie mal.

T The starter does not work (the staater das not wök).
Der Anlasser funktioniert nicht.

M No (nou). Nein.

T Is the battery flat (is the 'bäteri flät)?
Ist die Batterie leer?

M No, but the tank is empty (nou, bat the tängk is
empti). Nein, aber der Benzintank ist leer.

Eigenschaftswörter
(Adjektive)

MS The **young** mother and the **young** father have three
young girls (the jang mather änd the jang father
häv thrii jang göls).
Die junge Mutter und der junge Vater haben drei
junge Mädchen.

A **Das Eigenschaftswort ist immer gleich d.h.
unabhängig von Geschlecht und Zahl des
zugehörigen Hauptworts.**

Die Steigerung des Eigenschaftswortes

MS The first girl is blond, nice, funny and beautiful (the
föst göl is blond, nais, 'fani änd 'bjuutiful).
Das erste Mädchen ist blond, nett, witzig und schön.
The second girl is blond**er**, nic**er**, funni**er** and **more
beautiful**.
The third girl is the blond**est**, nic**est**, funni**est** and
most beautiful.

A Einsilbige Adjektive, Adjektive auf -e und zweisilbige
Adjektive auf -y, -er, -le, -ow bilden den Komparativ
meistens auf -**(e)r** und den Superlativ auf -**(e)st**. Das
y am Wortende wird zu -i.
Die übrigen mehrsilbigen Adjektive werden meistens
mit **more** und **most** gesteigert.

E Vergleiche

MS The first girl is <u>taller than</u> the second girl.
Das erste Mädchen ist <u>größer als</u> das zweite Mädchen.
The second girl is <u>less tall than</u> the first.
Das zweite Mädchen ist <u>weniger groß als</u> das erste.
The third girl is <u>the least tall</u>. Das dritte Mädchen ist
<u>das am wenigsten große</u>.
The third girl is not <u>as</u> tall <u>as</u> the second. Das
dritte Mädchen ist nicht <u>so</u> groß <u>wie</u> das zweite.

MS <u>The older</u> she gets <u>the taller</u> she gets.
<u>Je älter</u> sie wird <u>desto größer</u> wird sie.
She is getting <u>taller and taller</u>.
Sie wird <u>immer größer</u>.
She is getting <u>more and more beautiful</u>.
Sie wird <u>immer schöner</u>.

Eigenschaftswörter mit unregelmäßiger Steigerung

Verb	Komparativ	Superlativ
good (gud) gut	better	best
bad (bäd) schlecht	worse (wös)	worst (wöst)
much (matsch) viel	more (moor)	most (moust)
little (litl) wenig	less (les)	least (liist)
far (faar) weit	farther (faather)	farthest

Umstandswörter (Adverbien)

MS The beautiful Mary plays the piano beautifully (the
'bjuutiful Mary pleis the 'pjänou 'bjuutifuli).
Die schöne Mary spielt schön Klavier.

A **Das Adverb wird meistens vom Adjektiv abgeleitet. Ein Adjektiv wird durch Anhängen von -ly
zu einem Adverb,** z. Bsp.
beautiful + **ly** > beautiful**ly**

MS The magic Mary plays the piano magically (the 'mädschik Mary pleis the 'pjänou 'mädschikeli).
Die zauberhafte Mary spielt zauberhaft Klavier.

A Adjektive auf -ic bilden das Adverb auf -ically.

MS It's Mary's daily ('deili) (1) job to play the piano daily (2).
Es ist Marys täglicher Job, täglich Klavier zu spielen.

A Adjektive der Zeit auf -ly (1) werden auch als Adverb (2) verwendet.

Steigerung der Adverbien

Für die Steigerung gelten die gleichen Regeln wie bei den Adjektiven.

E Gegensätzliche Begriffe

alt/jung	old (ould)	young (jang)
billig/teuer	cheap (tschiip)	expensive (ik'spensiv)
breit/schmal	broad (brood)	narrow ('närou)
draußen/drinnen	outside ('aut'said)	inside ('in'said)
erster/letzter	first (föst)	last (laast)
frei/besetzt	free (frii)	occupied ('okjupaid)
früh/spät	early ('öli)	late (leit)
groß/klein	big (big)	small (smool)
hart/weich	hard (haad)	soft (soft)
hell/dunkel	light (lait)	dark (daak)
kalt/warm	cold (kould)	warm (woom)
hier/dort	here (hier)	there (theer)
hoch/tief	high (hai)	low (lou)
hinauf/hinunter	up (ap)	down (daun)
leicht/schwierig	easy (iisi)	difficult ('diffikelt)
leicht/schwer	light (lait)	heavy ('hevi)
lang/kurz	long	short (schoot)

links/rechts	on the left (left)	on the right (rait)
laut/leise	loud (laud)	quiet ('kwaiet)
nach/vor	after ('aafte)	before (bi'foor)
nah/entfernt	near (nier)	distant ('distent)
darauf/darunter	on	under ('ander)
richtig/falsch	right (rait)	wrong (rong)
schnell/langsam	quick (kwik)	slow (slou)
schön/hässlich	beautiful (bjuutiful)	ugly ('agli)
stark/schwach	strong	weak (wiik)
süß/sauer	sweet (swiit)	sour ('sauer)
trocken/nass	dry (drai)	wet (wet)
voll/leer	full	empty ('empti)

Sich vorstellen

woman / Frau F, man / Mann M

M Ich heiße Hahn. My name (mai neim) is Hahn.
   Wie heißen Sie? What's your name (wots jur neim)?

F Ich heiße Henne. My name is Henne.

M Erfreut, Sie kennen zu lernen. Pleased to meet you
   (pliisd tuu miit juu). Woher kommen Sie? Where do you
   come from? (weer duu juu kam from)?

F Ich komme aus Deutschland. I come from Germany (ai
   kam from dschömeni).

M Meine Vorfahren kamen aus Österreich. My ancestors
   ('änsisters) came from Austria.

F … Es tut mir leid, ich muss jetzt gehen. I am afraid, I
   have to go now (ai äm e'freid, ai häv tuu gou nau). Es
   war nett, Sie kennen zu lernen, Herr Hahn. It was nice
   meeting you, Mr. Hahn (it wos nais miiting juu).

M Auf Wiedersehen Frau Henne, gute Rückfahrt nach
   Deutschland. Goodbye Mrs. Henne, have a good return
   to Germany (gud'bai missis Henne, häv a gud ri'tön tuu
   dschömeni).

Lernen Sie bitte noch die Wörter von Fuß bis Hand.

Fünfter Tag

First meeting / Erste Begegnung

Place: Market square on Capri. Marktplatz auf Capri.
In front of a hotel. Vor einem Hotel. Beside the entrance: two cases. Neben dem Eingang: zwei Koffer.
woman / Frau F, man / Mann M

M Do you like it here (duu juu laik it hier)? Gefällt es Ihnen hier?

F Yes, I like it very much (jes, ai laik it veri matsch).
Ja, mir gefällt es sehr gut.

M Where are you from (weer aar juu from)? Von woher sind Sie?

F I am from Rome (ai äm from roum). Ich bin von Rom.

M What a surprise, me too (wot e se'prais, mii tuu).Was für eine Überraschung, ich auch. My name (mai neim) is Tino Baci. Ich heiße Tino Baci.

F (*smiling / lächelnd*) Nice to meet you (nais tuu miit juu). Schön, Sie kennenzulernen.

M What's your name (wot's jur neim)? Wie heißen Sie?

F Gina Borelli.

M Did you find a good hotel (did juu faind e gud hou'tel)? Haben Sie ein gutes Hotel gefunden?

F Yes, the hotel there. Ja, das Hotel dort.

M What a surprise, I am also in this hotel (wot e se'prais, ai äm 'oolsou in this hou'tel). Was für eine Überraschung, ich bin auch in diesem Hotel. Is this your first time here (is this juur föst taim hier)? Sind Sie zum ersten Mal hier?

F No, I have been to Capri before (nou, ai häv biin tuu Capri bifoor). Nein, ich war schon einmal in Capri.

M Are you here with your family (aar ju hier .. juur fämili)?

24

Sind Sie mit Ihrer Familie hier?

F No, I am alone (nou, ai äm e'loun). Nein, ich bin allein.

M Me too. Ich auch. I arrived yesterday (ai e'raivd jeste-dei). Ich bin gestern angekommen. When did you arrive? Wann sind Sie angekommen?

F A week ago today (e wiik e'gou te'dei). Heute vor einer Woche.

M How long are you staying (hau long aar juu steiing)? Wie lange bleiben Sie?

F I am just leaving (ai äm dschast living). Ich fahre gerade ab. There are my cases (theer aar mai keisis). Dort stehen meine Koffer. I am waiting for the taxi driver in order to go to the port (ai äm weiting foor the 'täksidraiver in 'ooder tuu gou tuu the poot). Ich warte auf den Taxifahrer, um zum Hafen zu fahren.

M What a pity (wot e 'piti)! Schade! Can I see you again in Rome (kän ai sii juu e'gen)? Kann ich Sie in Rom wiedersehen? Would you like to go to the cinema (wud juu laik tuu gou tuu the 'sineme)? Möchten Sie ins Kino gehen?

F I am not interested in the cinema (ai äm not 'intristid in the 'sineme). Ich interessiere mich nicht für das Kino.

M Would you like to go to the discotheque (wund juu laik tuu gou tuu the 'diskoutek)? Möchten Sie in die Diskothek gehen?

F I don't like (ai dount laik) going to a discotheque. Ich habe keine Lust, in eine Diskothek zu gehen.

M What do you do in your spare time (wot duu juu duu in jur speer taim)? Was machen Sie in Ihrer Freizeit?

F My hobby is the opera (mai 'hobi is **thi** 'opere). Mein Hobby ist die Oper.

M That's also ('oolsou) my hobby. Das ist auch mein Hobby. Do you have time on the sixth of September (duu you häv taim on the sikth of sep'tember)? Haben Sie am 6. September Zeit?

F One moment please ('moument pliis). Einen Moment

bitte. I will have a look in my diary (ai wil häv e luk in mai 'daieri). Ich werfe einen Blick in meinen Terminkalender. Yes, the evening is free (jes, **thi** 'iivning is frii). Ja, der Abend ist frei.

M *takes his mobile and dials a phone number / nimmt sein Handy und wählt eine Telefonnummer*:
What's on the sixth of September at the opera (wot's on the sikth of sep'tember ät **thi** 'opere)? Welche Oper wird am 6. September gespielt? Oh, a première (ou, e'premiär). Oh, eine Premiere. Who is the soloist (huu is the 'soulouist)? Wer ist der Solist? Oh, Placido Domingo! Are there still two tickets (aar theer stil tuu 'tikits)? Gibt es noch zwei Karten? I want to reserve two tickets in the gallery (ai wont tuu ri'söv tuu 'tikits in the 'gäleri). Ich möchte zwei Plätze auf dem Rang vorbestellen.

F What's on at the opera. Welche Oper wird gespielt?

M (*smiling / lächelnd*): The Figaro's marriage (the figaro's 'märid<u>sch</u>). Die Hochzeit des Figaro.

Die Gegenwart

z. Bsp. to learn (lön) / lernen

I (ai) learn	ich lerne
you (juu) learn	du lernst
he, she, it (hii, schii) learns	er/sie/es lernt
we (wii) learn	wir lernen
you (juu) learn	ihr lernt
they (thei) learn	sie lernen

A **Bei der Gegenwart verwendet man die Grundform des Verbs.**
In der 3. Person Sg wird ein **-s** angehängt.

E Verben mit besonderer Schreibweise in der 3. Person Sg

MS Mary fl**ies** to many cities.
     Mary fliegt in viele Städte.
A   Verben, die auf Konsonant + y enden (z. Bsp. fly)
     bilden die 3. Person Sg auf -**ies**.
MS At the airport her husband kiss**es** her and wish**es** her
     good luck. Auf dem Flughafen küsst ihr Ehemann
     sie und wünscht ihr viel Glück.
A   Bei Verben auf -s und -sh wird ein -**es** angehängt.

Die Verlaufsform der Gegenwart (-ing Form)

MS I am learning English (ai äm löning 'inglisch).
     Ich lerne Englisch.
A   Die Verlaufsform der Gegenwart bildet man mit
     einer **Präsensform von be** (z. Bsp. I am) und der
     Grundform des Verbs + ing (z. Bsp. learning).

Gebrauch der -ing Form

Die -ing Form verwendet man für Handlungen, die im
Deutschen mit den Wörtern **'gerade'** oder **'zurzeit'**
ausgedrückt werden.
MS Mary spielt **gerade** Klavier.
     Mary is playing the piano.
     Mary spielt **zurzeit** die Klavierkonzerte der
     romantischen Musik.
     Mary is playing the piano concertos **of** the
     romantic music (1).
A   Der Genitiv kann mit **of** gebildet werden (1).
Man verwendet die -ing Form auch für die **Beschreibung
von Entwicklungen und Trends.**
MS Mary**'s** playing is getting better every day (1).
     Marys Spiel wird jeden Tag besser.

A Der Genitiv kann auch durch Apostroph + s ('s)
gebildet werden, z. Bsp. bei Ländern, Personen (1).

MS Diamonds are girls' best friends.

Diamanten sind die besten Freunde der Mädchen.

A Wenn ein Wort bereits auf s endet, wird für die
Genitivbildung nur noch ein Apostroph angehängt
(girls').

E Unregelmäßige Verben

Vergangenheit und Partizip Perfekt sind gleich:

feel (ii)	felt (*e*)	felt (*e*)	(sich)fühlen
find (ai)	found (ou)	found (ou)	finden
get (*e*)	got (o)	got (o)	bekommen
hear (ie)	heard (ö)	heard (ö)	hören
hold (ou)	held (*e*)	held (*e*)	halten
lay (ei)	laid (ei)	laid (ei)	legen
lead (ii)	led (*e*)	led (*e*)	führen
leave (ii)	left (*e*)	left (*e*)	weggehen
lose (uu)	lost (o)	lost (o)	verlieren
meet (ii)	met (*e*)	met (*e*)	treffen
read (ii)	red (*e*)	red (*e*)	lesen
sell (*e*)	sold (ou)	sold (ou)	verkaufen
sit (i)	sat (ä)	sat (ä)	sitzen
sleep (ii)	slept (*e*)	slept (*e*)	schlafen
stand (ä)	stood (u)	stood (u)	stehen
tell (*e*)	told (ou)	told (ou)	erzählen

Vergangenheit und Partizip Perfekt enden auf **-ght**:

bring (i)	brought (oo)	brought (oo)	bringen
buy (ai)	bought (oo)	bought (oo)	kaufen
catch (ä)	caught (oo)	caught (oo)	fangen
teach (ii)	taught (oo)	taught (oo)	lehren
think (i)	thought (oo)	thought (oo)	denken

E Beim Arzt

Wo ist ein Arzt / eine Apotheke? Where is a doctor / a pharmacy (weer is e dokter / a 'faameci)?

Ich bin / I am (ai äm …)
allergisch gegen / allergic to … (e'lödschik)
(nicht) geimpft gegen / (not) vaccinated against (not 'väksineited e'genst)
gestürzt / I have had a fall (ai häv häd e fool)
im … Monat schwanger / … months pregnant (… manth 'pregnent)
Diabetiker(in) / diabetic (daie'betik)

Ich habe / I have (ai häv …)
Kopfschmerzen / a headache (hedeik)
Ohrenschmerzen / an earache (iereik)
Halsschmerzen / a sore throat (soor throut)
Rückenschmerzen / backache (bäkeik)
mir den Magen verdorben / got an upset stomach (got an ap'set 'stamek)
Bauchschmerzen / stomach ache ('stamek eik)
mich erkältet / a cold (e could)
hohes Fieber / a high temperature (e hei 'tempritsche)
Husten / a cough (e kof)
eine Verdauungsstörung / an indigestion (indi'dschestschen)
Durchfall / diarrhoea (daie'rie)
mich übergeben / been sick (biin sik)
einen hohen / niedrigen Blutdruck / high / low blood pressure (hai / lou blad 'prescher)
hier Schmerzen / it hurts here (it höts hier)
Kreislaufstörungen / circulatory trouble (sookju'leiteri 'trabl)
Ich nehme regelmäßig diese Medikamente / I take this medicine regularly (ai teike this 'medisin 'regjuleli).

Lernen Sie bitte noch die Wörter von <u>Handtuch</u> bis <u>Liegestuhl.</u>

Sechster Tag

The wedding dress / Das Hochzeitskleid

Place: Department store in Rome.
Kaufhaus in Rom.
Gina G, sales assistant / Verkäuferin V

V Can I help you (kän ai help juu)? Kann ich Ihnen helfen?

G Could you show me a wedding dress (kud juu schou mii e weding dres)? Würden Sie mir ein Hochzeitskleid zeigen?

V What size are you (wot sais aar juu)? Welche Grösse haben Sie?

G I am size 40. Ich habe Grösse 40.

V Could you describe the wedding dress you want to have (kud juu di'skraib the weding dres juu wont tuu häv)? Können Sie das Hochzeitskleid beschreiben, das Sie haben möchten?

G I want to have an elegant and traditional dress (ai wont tuu häv an 'eligent änd tre'dischenl dres). Ich will ein elegantes und traditionelles Kleid haben.

V Which colour (witsch 'kaler)? Welche Farbe?

G I want something in white but more beige than white (ai wont 'samthing in wait bat moor beisch thän wait). Ich möchte etwas in weiß, aber mehr beige als weiß.

V This is elegant and traditional. Dieses ist elegant und traditionell.

G Could I try it on (kud ai trai it on)? Kann ich es anprobieren?

V Of course (of koos). Aber gerne. There is the fitting room (theer is the 'fiting ruum). Dort ist der Anproberaum.

G *stands in front of the mirror and looks happily at her reflection / steht vor dem Spiegel und blickt glücklich auf ihr Spiegelbild*: What a beautiful dress (wot e 'bjuutiful dr*e*s). Was für ein schönes Kleid. This wedding dress is a dream. Dieses Hochzeitskleid ist ein Traum. How much is this dream? (hau matsch is this driim)? Was kostet dieser Traum?

V Two thousand Euro (tuu 'thousend 'juerou). Zweitausend Euro.

G What a pity (wot e 'piti). Schade. I can not pay more than a thousand Euro (ai kän not pei moor thän e 'thousend 'juerou). Ich kann nicht mehr als tausend Euro zahlen.

V One moment please (wan 'moument pliis). I will speak to the head of department on the phone (ai wil spiik tuu the h*e*d of di'paatment on the foun). Einen Moment, ich werde mit dem Abteilungsleiter telefonieren.
After the phone call / Nach dem Telefongespräch:
You can realize your dream with one thousand and five hundred Euro (juu kän 'rielais jur driim with wan 'thousend änd faif 'handrid 'juerou). Sie können Ihren Traum mit 1500 € verwirklichen.

G Okay ('ou'kei), I will take it (ai wil teik it). Gut, ich nehme es.

Die Vergangenheit

MS Mary play**ed** (1) the piano for two years in Paris; therefore she move**d** (2) to France (Mary pleid the 'pjänou foor tuu jiiers in Paris; th*ee*rfoor schii muuvd tuu fraans). Mary spielte zwei Jahre in Paris Klavier; deshalb zog sie nach Frankreich um.

A **Die Vergangenheit wird gebildet, indem man -ed an die Grundform des Verbs anhängt** (1).
Bei Verben auf -e wird nur -d angehängt (2).
Für regelmäßige und unregelmäßige Verben gilt:
Die Vergangenheitsform ist bei allen Personen gleich,
z. Bsp. I, you, he, she, we, you, they <u>played</u>.

Beim Verb be ist die Vergangenheit unregelmäßig:

I **was** (wos)	ich war	we were wir waren
you were (wör)	du warst	you were ihr wart
he/she/it **was**	er/sie/es war	they were sie waren

E Wörter, die eindeutig auf einen Zeitpunkt in der Vergangenheit hinweisen, sind Signalwörter für die Verwendung der Vergangenheitsform, z. Bsp.
last week (letzte Woche), 3 days ago / vor 3 Tagen, yesterday (gestern).

Das Perfekt

Das Perfekt setzt sich zusammen aus einer **Präsensform von have (**z. Bsp. she has) und dem **Partizip Perfekt des Verbs** (z. Bsp. played).
Bei regelmäßigen Verben wird das Partizip Perfekt gleich wie die Vergangenheitsform gebildet: Grundform des Verbs + (e)d.

E Gebrauch des Perfekts

Das Perfekt wird verwendet:

1. bei Handlungen oder Zuständen, die in der Vergangenheit begonnen haben und bis zur Gegenwart dauern. Diese werden im Deutschen mit **'schon'** und **'seit'** ausgedrückt.
MS Wie lange spielt Mary **schon** Klavier?
   How long **has** Mary **played** the piano?
   Mary spielt **seit** dem 5. Lebensjahr Klavier.
   Mary **has played** the piano since she was five.
2. bei Handlungen, die gerade beendet wurden.
MS Mary hat gerade Klavier gespielt.
   Mary **has** just **played** the piano.

32

Die Zukunft

MS I think the weather **will be** (1) nice tomorrow and **we shall swim** (2). LS: Ai think the 'w*e*ther wil bii nais te'morou änd wii schäl swim. Ich denke, das Wetter wird morgen schön sein und wir werden schwimmen.

A **Die Zukunft wird gebildet, indem man 'will' vor die Grundform des Verbs setzt (1). Will ist unveränderlich, also bei allen Personen gleich.**

In der 1. Person Sg und Pl wird **'will'** durch **'shall'** ersetzt (2).

MS Shall I come tomorrow?
Soll ich morgen kommen?

A In Fragesätzen hat 'shall' die Bedeutung 'sollen'.

Wichtige unregelmäßige Verben

	be	have	do	go
Präsens	I am	I have	I do	I go
Vergangen-heit	I was	I had	I did	I went
Perfekt	I have been	I have had	I have done	I have gone
	(biin)	(häd)	(dan)	(gan)

Das rückbezügliche (reflexive) Verb

MS Ich stelle mich vor. I introduce myself (mai'self).
Du stellst dich vor. You introduce yourself (je'self).
Er stellt sich vor.   He introduces himself (him'self).
Sie stellt sich vor.   She introduces herself (her'self).
Es stellt sich vor.   It introduces itself.
Wir stellen uns vor. We introduce ourselves (aue' selfs).
Ihr stellt euch vor.   You introduce yourselves (je'selfs).
Sie stellen sich vor. They introduce themselves.

Befehlsform (Imperativ)

Place: Opera of London
Mrs. Smith S, Mr. Brown B

S   (in einer Reihe sitzend, vor sich den langen Rücken
    des riesigen Mr. Brown):
    "Sit down (1), don't stand!" (2)
    LS: Sit daun, dount ständ.
    "Setzen Sie sich, stehen Sie nicht!"
B   "Sorry, I am already sitting."
    LS: 'Sori, ai äm ool'redi 'siting.
    "Es tut mir leid, ich sitze bereits."
A   **Die Befehlsform wird durch die Grundform des
    Verbs ausgedrückt (1), die verneinte Befehlsform
    durch don't + Verb (2).**
MS Let's go home. Lasst uns nach Hause gehen.
A   Wenn sich der Sprechende in die Aufforderung
    einbezieht, verwendet man let us (let's).

E Unregelmäßige Verben

Bei den folgenden Verben endet die die Vergangenheit auf
-ew (uu) und das Partizip Perfekt auf **-own** (ou):

blow (ou)	blew (uu)	blown (ou)	blasen
fly (ai)	flew (uu)	flown (ou)	fliegen
grow (ou)	grew (uu)	grown (ou)	wachsen
know (ou)	knew (uu)	known (ou)	wissen
throw (ou)	threw (uu)	thrown (ou)	werfen

Lernen Sie bitte noch die Wörter von <u>Likör</u> bis <u>Party.</u>

34

Siebter Tag

The honeymoon / Die Hochzeitsreise

Place: The airport Ciampino in Rome.
Ort: Der Flughafen Ciampino in Rom.
Gina G, Tino T, employee / Angestellter A

T When does the charter plane leave for Paris (wen das the 'tschaater plein liiv foor Paris)? Wann startet das Charterflugzeug nach Paris?

A You have still a little time (juu häv stil e litl taim). Sie haben noch ein wenig Zeit. The plane does not take off until nine o'clock (the plein das not teik of en'til nain eklok). Das Flugzeug startet erst um neun Uhr.

G When does the plane arrive in Paris (wen das the plein e'raiv in Paris)? Wann kommt das Flugzeug in Paris an?

A If the plane takes off on time the arrival is at eleven (i'levn) o'clock. Wenn das Flugzeug pünktlich startet, ist die Ankunft um elf Uhr. Are you going to Paris for the first time (aar juu gouing tuu Paris foor the föst taim)? Fliegen Sie zum ersten Mal nach Paris?

G Yes, it's our honeymoon (jes, it's 'auer 'hanimuun). Ja, das ist unsere Hochzeitsreise.

A Oh, congratulations on your marriage (ou, kengrätju'leischens on jur 'märid<u>sch</u>). Oh, Glückwunsch zur Hochzeit. Did you find a good hotel (did juu faind e gud hou-'tel)? Haben Sie ein gutes Hotel gefunden?

T Yes, nearby the cathedral *Notre Dame* in the *Quartier latin* (nierbai the ke'thiidrel). Ja, in der Nähe der Kathedrale *Notre-Dame* im *Quartier latin*.

A I lived in this district of Paris from 1988 to 1996 (ai livd in this 'district of Paris from 'nain'tiin 'eiti eit tuu nain-'tiin 'nainti siks). Ich habe in diesem Viertel von Paris 1988 bis 1996 gelebt. Each time when I remember Paris

35

I am homesick for that wonderful city (iitsch taim wen ai ri'member Paris ai äm houmsik foor thät 'wandefel 'siti). Jedes Mal, wenn ich mich an Paris erinnere, fühle ich Heimweh nach dieser wunderbaren Stadt.

G What impressed you the most in Paris (wot im'presd juu the moust in Paris)? Was hat Sie in Paris am meisten beeindruckt?

A It's a difficult question (it's e 'difikelt 'kwestschen). Das ist eine schwierige Frage. Perhaps the view of the *Seine* under the bridges of Paris (pe'häps the vjuu of the *Seine* 'ander the bridschs of Paris) or the view from my apartment of the blue sky over the roofs of Paris (oor the vjuu from mai e'paatment of the bluu skai 'ouver the ruufs of Paris). Vielleicht der Blick auf die *Seine* unter den Brücken von Paris oder die Aussicht von meiner Wohnung auf den blauen Himmel über den Dächern von Paris. Perhaps that evening on place *Concorde,* when the red sun was setting behind the Eiffel tower (pe'häps thät 'iivning on pleis *Concorde* wen the red san wos setting bi-'haind **thi** Eiffel tauer). Vielleicht jener Abend auf dem *Concorde* Platz, als die rote Sonne hinter dem Eiffelturm unterging. Perhaps that night, when I looked at the light of the city from the highest restaurant of the Eiffel tower (pe'häps thät nait, wen ai lukd ät the lait of the 'siti from the haiest 'resteront of **thi** Eiffel tauer). Vielleicht jene Nacht, als ich das Lichtermeer der Stadt vom höchsten Restaurant des Eiffelturms betrachtete. Perhaps the seductive beauty of the dancers in the *Lido* and the *Moulin Rouge* (pe'häps the si'daktiv 'bjuuti of the 'daansers in the *Lido* änd the *Moulin rouge*). Vielleicht die verführerische Schönheit der Tänzerinnen im *Lido* und *Moulin Rouge.* Perhaps that morning after a sleepless night in front of the church *Sacré-Coeur,* when I looked at the rosy light of the sunrise (pe'häps thät 'mooning 'aafter a sliiples nait in frant of the tschötsch *Sacré-Coeur,* wen ai luuked ät the rousi lait of the sanrais). Vielleicht jener

Morgen nach einer schlaflosen Nacht, als ich vor der Kirche *Sacré-Coeur* das rosarote Licht des Sonnenaufgangs betrachtete. What impressed me the most (wot im'pr*e*sd mii the moust)? Was hat mich am meisten beeindruckt? I don't know (ai dount nou). Ich weiß es nicht. But I know, that you will be very happy during your honeymoon (bat ai nou, that juu wil bii v*e*ri 'häpi 'djuuring jur 'hanimuun) because Paris is the perfect city for love and therefore the ideal place for a honeymoon (bi'koos Paris is the 'pöfikt siti foor lav änd 'therefore **thi** ai'diel pleis foor e 'hanimuun). Aber ich weiß, dass Sie während Ihrer Hochzeitsreise sehr glücklich sein werden, weil Paris die perfekte Stadt ist, um sich zu lieben und deshalb der ideale Ort für eine Hochzeitsreise. How long will you stay in Paris (hau long wil juu stei in Paris)? Wie lange bleiben Sie in Paris?

T Two weeks (tuu wiiks). Zwei Wochen.

G Perhaps also some days more (pe'häps 'oolsou sam deis moor).Vielleicht auch einige Tage mehr.

A Say hello to Paris for me (sei he'lou tuu Paris foor mii). Grüßen Sie Paris von mir. I wish you a good flight and a happy honeymoon (ai wisch juu e gud flait änd e häpi' 'hanimuun). Ich wünsche Ihnen einen guten Flug und schöne Flitterwochen!

Persönliche Fürwörter (Pronomen)

Pronomen sind Wörter, die für andere Wörter (Personen und Sachen) stehen, um eine Wiederholung zu vermeiden. Sie heißen deshalb auch **Fürwörter**.

MS Triffst du Paul? Ja, ich treffe **ihn**.
Do you meet Paul? Yes, I meet **him**.
LS: Duu juu miit Paul. J*e*s, ai miit him.

Das Subjektfürwort antwortet auf die Frage wer?
Das **Akkusativfürwort** antwortet auf die Fragen was? wen?

Bsp. I love you (ai lav juu) / ich liebe dich/Sie

Subjektfürwort	Verb	Akkusativfürwort
I (ich)	love	**you** (dich, Sie)
You (du, Sie)	love	**me** (mich)
He (er)	loves	**her** (sie)
She (sie)	loves	**him** (ihn)
It (es, sie, er)	loves	**it** (es, ihn, sie)
We (wir)	love	**you** (euch, Sie)
You (ihr, Sie)	love	**us** (uns)
They (sie)	love	**them** (sie)

Das Dativfürwort

Das **Dativfürwort** antwortet auf die Frage wem?
Bsp. I give you a gift (ai giv juu e gift) / ich gebe dir/Ihnen ein Geschenk

Subjektfürwort	Verb	Dativfürwort
I	give	**you** (dir, Ihnen)
You	give	**me** (mir)
He	gives	**her** (ihr)
She	gives	**him** (ihr)
It (es, sie, er)	gives	**it** (ihm, ihr)
We	give	**you** (euch, Ihnen)
You	give	**us** (uns)
They	give	**them** (ihnen)

Man kann auch die Präpositionen **for** oder **to** vor das Dativfürwort setzen, z. Bsp. I send the gift **to** her (ai send the gift tuu hör). Ich schicke ihr das Geschenk.

Lernen Sie bitte die Wörter von <u>Pfund</u> bis <u>Schweinefleisch</u>.

Achter Tag

Arrival in the hotel / Ankunft im Hotel

Place: Hotel in Cannes.
Tino T, his wife / seine Frau Gina G, their daughter /
ihre Tochter Nora N, Mr. Richard R

T Good evening, my name is Tino Baci (gud 'iivning, mai
neim is Tino Baci). Guten Abend, ich heiße Tino Baci.
Are you Mr. Richard to whom I spoke on the phone last
week (aar juu 'mister Richard to whom I spouk on the
foun laast wiik)? Sind Sie Herr Richard, mit dem ich
letzte Woche telefoniert habe?

R Yes, nice to see you (jes, nais tuu sii juu). Ja, nett Sie zu
sehen. How long are you staying (hau long aar juu stei -
ing)? Wie lange bleiben Sie?

T One week. Eine Woche. We need a double room and a
single room for our daughter (wii niid e 'dabl ruum änd
e'singl ruum foor 'auer 'dooter). Wir brauchen ein Doppelzimmer und ein Einzelzimmer für unsere Tochter.

R You are lucky (juu aar 'laki). Sie haben Glück. Although
it is the high season there are still some free rooms (ool-
'thou it is the hai siisn theer aar stil sam frii ruums). Ob-
wohl wir uns in der Hochsaison befinden, gibt es noch
einige freie Zimmer. There are two rooms overlooking
the sea with a bathroom and a balcony (theer aar tuu
ruums ouverluking the sii with e 'bathruum änd e 'bälkeni). Es gibt zwei Zimmer mit Sicht auf das Meer, Bad
und Balkon.

G How much is it with breakfast, half board and full board
(hau match is it with 'brekfest, haaf bood änd ful bood)?
Wie viel kostet es mit Frühstück, Halbpension und Voll-
pension?

R This is the price list (prais list). Hier ist die Preisliste.

G That's too expensive (thät's tuu ik'spensiv). Das ist zu teuer. Do you have anything cheaper (duu juu häv 'enithing tschiiper)? Haben Sie etwas Billigeres?

R Yes, we have two rooms overlooking the mountains ('mauntins) and with shower ('schauer). Ja, wir haben zwei Zimmer mit Blick auf die Berge und mit Dusche.

G Can we see the rooms (kän wii sii the ruums)? Können wir die Zimmer besichtigen?

R Of course (of koos). Gerne.
   After the viewing. Nach der Besichtigung.

G Okay, we will take the rooms ('ou'kei, wii wil teik the ruums). Gut, wir werden die Zimmer nehmen.

R Would you fill out this application form (wud juu fil aut this äpli'keischen foom). Würden sie dieses Anmeldeformular ausfüllen. Would you sign please (wud juu sain pliis). Würden Sie bitte unterschreiben.

T Could somebody take our luggage up to the room (kud 'sambedi teik 'auer 'lagidsch ap tuu the ruum)? Kann jemand unser Gepäck ins Zimmer hinaufbringen?

R One moment please (wan moument pliis). Einen Moment bitte. I will call for a servant (ai wil kool for e 'sövent). Ich rufe einen Diener. These are the two keys to the rooms (thiis aar the tuu kiis tuu the ruums). Hier sind die zwei Zimmerschlüssel.

G When is breakfast served (wen is 'brekfest sövd)? Wann wird das Frühstück serviert?

R Between eight and ten (bi'twiin eit änd ten). Zwischen acht und zehn.

T Could you wake us at eight tomorrow morning, please (cud juu weik as ät eit te'morou 'mooning, pliis). Wecken Sie uns bitte morgen früh um acht Uhr.

R Of course. Selbstverständlich. There is the lift (theer is the lift). Dort ist der Aufzug. Have a good holiday (häv e gud 'holidei). Schöne Ferien.

After a very good week. Nach einer sehr schönen Woche.

T May I have my bill (mei ai häv mai bil)? Kann ich meine Rechnung bekommen?

R The bill is ready ('redi). Die Rechnung ist fertig.

T Goodbye, we had a great stay (gud'bai, wi häd e greit stei). Auf Wiedersehen, wir hatten einen tollen Aufenthalt.

G It was a wonderful week (it wos e 'wandefel wiik). Es war eine wunderbare Woche.

N Bye, it was mega fantastic (bai, it wos 'mege fän'tästik). Tschüs, es war mega fantastisch.

R It was nice meeting you (it wos nais 'miiting juu). Es war nett, Sie kennen zu lernen. I hope to see you again next year (ai houp tuu sii juu e'gen nekst jier). Ich hoffe, Sie nächstes Jahr wieder zu sehen. Have a good journey home (häv e gud d<u>sch</u>öni houm). Gute Heimreise.

Besitzanzeigendes Fürwort

Man unterscheidet die adjektivisch verwendeten Fürwörter (mein, dein …) und die substantivisch verwendeten Fürwörter (meines, deines, …), die ein besitzanzeigendes Fürwort + Hauptwort ersetzen.
Das adjektivische Fürwort wird durch Anhängen eines s zu einem substantivischen Fürwort, z. Bsp.
your / dein + s > yours / deines.
Ausnahmen: mine, his und its (sein, ihr, seines, ihres)

MS Dieses hier ist mein Haus, das dort deines.

This is my house, that is yours (mai … jurs).
This is your house, that is mine (jur … main).
This is his house, that is hers (his …hörs).
This is her house, that is his (hör … his).
This is its house, that is its.
This is our house, that is yours ('auer … jurs).
This is your house, that is ours (jur … 'auers).
This is their house, that is theirs (theer … theers).

Die bezüglichen Fürwörter

MS   Mary **who** is a pianist (1) **whose** name is very
famous (2) **to whom** many prizes were given,
(3) has a husband **who** nobody knows (4).
LS: Mary huu is e ʻpienist huus neim is ʻveri
ʻfeimes tuu huum ʻmeni praises wör given, häs e
ʻhasbend huu ʻnoubedi nous.
Mary, die eine Pianistin ist, deren Name sehr berühmt
ist, der viele Preise verliehen wurden, hat einen Ehe-
mann, den niemand kennt.

A   **Bei Personen** lauten die bezüglichen Fürwörter im
Nominativ: who (1) **Genitiv: whose** (2) **Dativ: Präposition + whom** (3) **Akkusativ: who**, whom (4).

MS   Maryʻs grand piano **which** cost a lot (1) **whose**
manufacturer was Steinway (2) and **with which** Mary
plays all the concerts (3), has a tone **which** one cannot
describe (4). LS: Maryʻs gränd ʻpjänou witsch kost
e lot huus mänjuʻfäktscherer wos Steinway änd with
witsch Mary pleis ool the ʻkonsets, häs e toun witsch
wan kän not diʻskraib.
Marys Flügel, der sehr viel kostete, dessen Hersteller
Steinway war und mit dem Mary alle Konzerte spielt,
hat einen Klang, den man nicht beschreiben kann.

A   **Bei Dingen** lauten die bezüglichen Fürwörter im **Nominativ: which** (1) **Genitiv: whose** (2) **Dativ: Präposition + which** (3) **Akkusativ: which** (4).

Fragen

MS   **Mary is** a pianist (1). **Is Mary** a pianist?
She can play the piano (2). **Can she** play the piano?

A   Aussagesätze mit dem Verb **be** (1) oder einem Hilfsverb, z. Bsp **can**, may, shall, will (2) werden durch
Vertauschen von Subjekt und Verb zu Fragesaätzen.

MS I   Mary plays the piano.

     II   **Does** Mary **play** the piano?

     III Where **does** Mary **play** the piano?

Einen Aussagesatz mit einem selbstständigen Verb (I) kann man mit Hilfe der do-Umschreibungen do / **does** (Präsens) und did (Vergangenheit) + **Infinitiv ohne to** in einen Fragesatz (II) umwandeln. Der Fragesatz (II) hat die gleiche Wortstellung wie der Aussagesatz (I). Bei Sätzen mit einem Fragewort (III) verwendet man ebenfalls die do-Umschreibung.

MS **Who** plays the concert? Wer spielt das Konzert?

A   Die do-Umschreibung entfällt, wenn ein Fragewort das **Subjekt** des Satzes ist (z. Bsp. **who**, what).

Verneinungen

MS Mary's husband **does not** play the piano.
      Marys Gatte spielt nicht Klavier.

A   Bei Sätzen mit einem **selbstständigen Verb** bildet man die Verneinung mit do not, **does not,** did not + Infinitiv ohne to.

MS I have **never** seen York. Ich habe York nie gesehen.
      Die do-Umschreibung entfällt bei Aussagesätzen mit Negativwörtern (z. Bsp. **never**, no).

MS Mary's husband is **not** musical (1); he can**not** sing (2).
      Marys Gatte ist nicht musikalisch;er kann nicht singen.

A   Bei Sätzen mit dem Verb **be** (1) oder einem **Hilfsverb** (2) bildet man die Verneinung, indem man **not** hinter diesen Verben einfügt. Man kann not zu **n't** verkürzen und direkt an das Verb anhängen, z. Bsp.
      Mary's husband is**n't** musical.

Bei **verneinten Fragen** wird **n't** an das erste Verb des Satzes angehängt, z. Bsp. Does**n't** he speak English? Spricht er nicht Englisch?

Fragewort und Frageanhängsel

MS **Which** concert hall did Mary play in (witsch 'konset hool did Mary plei in)? In welcher Konzerthalle spielte Mary?

A **Das Fragewort steht in direkten Fragen am Satzanfang.** Ist es mit einer Präposition verbunden (z. Bsp. in), wird diese meistens an das Satzende gestellt.

MS We heard the concert, **didn't we?**
Wir hörten das Konzert, nicht wahr?
We did not hear the concert, **did we?**

A Bejahter Satz: **Frageanhängsel verneinend.**
Verneinungssatz: **Frageanhängsel bejahend.**

Das Demonstrativpronomen

MS **This** child eats **these** bananas (this tschaild iits thiis be'naanes). Dieses Kind (**hier**) isst diese Bananen (**hier**). **That** child eats **those** (thous) bananas. Dieses Kind (**dort**) isst diese Bananen (**dort**).

A **This** und **these** verwendet man für **Näherliegendes, that** und **those** für **Fernerliegendes.**

Unregelmäßige Verben

break (ei)	broke (ou)	broken (ou)	zerbrechen
drive (ai)	drove (ou)	driven (i)	(selbst) fahren
eat (ii)	ate (*e*)	eaten (i)	essen
fall (oo)	fell (*e*)	fallen (oo)	fallen
give (i)	gave (ei)	given (i)	geben
rise (ai)	rose (ou)	risen (i)	(auf) steigen
speak (ii)	spoke (ou)	spoken (ou)	sprechen
take (*ei*)	took (u)	taken (*ei*)	nehmen
write (ai)	wrote (ou)	written (i)	schreiben

Lernen Sie bitte noch die Wörter von <u>See</u> bis <u>Strand</u>.

Neunter Tag

In the restaurant / Im Restaurant

Place: Restaurant in London.
Gina G, Tino T, Nora N, waitress /
Kellnerin K

T I have reserved a table for three in the non-smoking
area (ai häv risövd e teibl foor thrii in the non-smou-
king ärie). Ich habe einen Tisch für drei Personen im
Nichtraucherbereich reserviert.

K Here is your table (hier is jur teibl). Hier ist Ihr Tisch.
Here are the menu and the drink list (hier aar the 'menjuu änd the drink list). Hier ist die Speisekarte und die
Getränkekarte. Would you like an aperitif (wud juu laik
en eperi'tiif)? Wollen Sie einen Aperitif?

G A German champagne please (e 'dschömen schäm'pein
pliis). Einen Sekt bitte.

N A soft drink please. Ein alkoholfreies Getränk.

T A French champagne (e frentsch schäm'pein). Einen
Champagner.

After the aperitif. Nach dem Aperitif.

K What would you like to drink (wot wud juu laik tuu
drink)? Was möchten Sie trinken?

G A glass of white wine (a glaas of wait wain). Ein Glas
Weißwein.

N A fruit juice (e fruut dschuus). Einen Fruchtsaft.

T A draught beer (e draaft bier). Ein Bier vom Fass.

K What would you like as a starter (wot wud juu laik äs e
'staater)? Was möchten Sie als Vorspeise?

T Mixed starters (mikst staaters). Gemischte Vorspeisen.

G Cooked ham and melon (kukd häm änd 'melen).
Gekochter Schinken und Melone.

N A vegetable soup (e 'ved<u>sch</u>itebl suup). Eine Gemüse-
suppe.

K What would you like as main course (wot wud juu laik
äs mein koos)?
Was möchten Sie als Hauptgericht?

N I would like a vegetarian dish (ai wud laik e ved<u>sch</u>i-
'tärien disch). Ich möchte ein vegetarisches Gericht.
What do you recommend (wot duu you reke'mend)?
Was empfehlen Sie?

K Sole and as side dish rice (soul änd äs said disch rais).
Seezunge und als Beilage Reis.

T I would like the beefsteak and mixed salad (ai wud laik
the biifsteik änd mikst 'säled). Ich möchte das Beefsteak
und gemischten Salat.

K What kind of dressing would you like (wot kaind of
'dresing wud juu laik)? Welche Art von Dressing
möchten Sie?

T French (frentsch) dressing. Französisches Dressing.

K How would you like your steak: rare, medium or well
done (hau wud juu laik jur steik: ree, 'miidiem oor wel
dan)? Wie möchten Sie Ihr Steak: blutig, rosa oder
durchgebraten?

T Medium.

G I would like a meat dish (ai wud laik e miit disch). Ich
möchte ein Fleischgericht.

K I recommend roast lamb with aubergine and peppers
(ai reke'mend roust läm with 'oubeschiin änd 'pepes).
Ich empfehle Lammbraten mit Aubergine und Paprika.

After the main course. Nach dem Hauptgericht.

K What would you like for dessert (di'söt)? Was möchten
Sie als Dessert?

N Fruit salad and chocolate mousse and a cup of tea with
lemon (fruut 'säled änd 'tschokled muus änd a kap of tii
with 'lemen). Obstsalat und Schokoladencreme und eine
Tasse Tee mit Zitrone.

T What kind of ice cream (ais kriim) do you have?

K   Vanilla (ve'nile), raspberries ('raasberis), strawberries ('strooberis), walnut ('woolnat) and apricot ('eipricot). Vanille, Himbeeren, Erdbeeren, Walnuss und Aprikose.

T   Please a mixed ice-cream and a coffee with milk. Bitte ein gemischtes Eis und einen Milchkaffee.

G   What kind of cake (keik) do you have? Welche Art von Kuchen haben Sie?

K   Crumble ('krambl), apple cake (äpl keik) and cheese cake (tschiis keik). Streuselkuchen, Apfelkuchen und Käsekuchen.

G   An apple cake but please with whipped cream (wipt kriim) and an espresso (e'spresou). Einen Apfelkuchen, aber bitte mit Schlagsahne und einen Espresso.

After an excellent lunch. Nach einem ausgezeichneten Mittagessen.

K   Did you enjoy it (did juu in'dchoi it)? Hat es Ihnen geschmeckt?

G   The lunch was delicious (di'lisches). Das Mittagessen war köstlich. Would you give our compliments to the chef (wud juu giv auer 'compliments tuu the schef). Richten Sie dem Koch unsere Komplimente aus.

T   The bill please. Die Rechnung bitte . . Keep the change (kiip the tscheindsch). Behalten Sie das Wechselgeld.

K   Thank you very much. Vielen Dank.

Räumliche Angaben

im Haus / **in** the house (haus)
durch das Haus / **through** ... (thruu)
innerhalb des Hauses / **inside** ...('in'said)
außerhalb des Hauses / **outside** ...('aut'said)
vor dem Haus / **in front of** ... (frant)
hinter dem Haus / **behind** ... (bi'haind)
neben dem Haus / **beside** ... (bi'said)
auf dem Haus / **on** ...

unter dem Haus / **under** ...(ander)
über dem Haus / **over** ...(ouver)
gegenüber dem Haus / **opposite** ...('opesit)
in der Nähe des Hauses / **nearby** ...(nie'bai)

Die Ankunft

Ich kam an ... I arrived (e'raived) ...
vor acht Tagen / eight days ago (eit deis e'gou)
letzte Woche / last week (laast wiik)
vorgestern / the day before yesterday (bi'foor 'jestedei)
gestern / yesterday
heute / today (te'dei)
vor kurzem / a little while ago (e litl wail e'gou)
vor einer halben Stunde / half an hour ago (haaf en'auer)
Ich bin gerade angekommen. I have just arrived (ai häv
dschast e'raived).
Ich komme gerade an. I am just arriving (ai äm dschast
e'raiving).

Die Abreise

Ich werde gleich abreisen. I am going to leave (gouing tuu
liiv).
Ich reise ab ... I will leave ...
sofort / immediately (i'miidietli)
bald / soon (suun)
baldmöglichst / as soon as possible (äs suun äs 'posebl)
in zwei Stunden / in two hours (tuu 'auers)
heute Vormittag / this morning (this 'mooning)
heute Nachmittag / this afternoon (aafte'nuun)
heute Abend / this evening ('iivning)
morgen / tomorrow (te'morou)
übermorgen / the day after tomorrow

E Wichtige Redewendungen

Wenn man den Gesprächspartner nicht versteht

Sprechen Sie Deutsch? Do you speak German (duu juu spiik dschömen)?
Spricht irgend jemand deutsch? Does anyone speak German (das 'eniwan spiik dschömen)?
Ich habe das nicht verstanden. I did not understand that (ai did not ande'ständ thät).
Können Sie es noch einmal sagen und langsamer sprechen. Could you repeat it and speak more slowly (kud juu ri'piit it änd spiik moor slouli)?
Könnten Sie es für mich aufschreiben? Could you write it down for me (kud juu rait it daun foor mii)? Könnten Sie es für mich übersetzen? Could you translate it for me (kud juu träns'leit it foor mii)?
Wie heißt das auf Englisch? What is that in English (wot is thät in 'inglisch)? Was bedeutet das? What does that mean (wot das thät miin)? Wie spricht man dieses Wort aus? How do you pronounce this word (hau duu juu pre'nouns this wöd)?

Im Kaufhaus

Gibt es hier irgendwo ein Kaufhaus? Is there a department store around here (is theer e di'paatment stoor eraund hier)?
Kann ich Ihnen helfen? Can I help you (kän ai help juu)?
Ich schaue mich nur um, danke. I am just looking, thanks (ai äm dschast luking, thänks).
Was kostet das? How much is that (hau matsch is thät)?
Das ist zu teuer. That is too expensive (tuu ik'spensiv).
Haben Sie etwas Billigeres? Do you have anything cheaper (du juu häv 'enithing tschiiper)?
Ich muss darüber nachdenken. I will have to think about it (ai wil häv tuu think e'bout it).

Das gefällt mir, ich nehme es. I like that, I will take it (ai laik thät, ai wil teik it). Kann ich mit dieser Kreditkarte zahlen? Can I pay with this credit card (kän ai pei with this 'kredit kaad)? Ich hätte gern eine Quittung. I would like a receipt (ai wud laik e ri'siit). Haben Sie eine Tüte? Do you have a bag (duu juu häv e bäg)?

Nach einem Unfall

Ich habe einen Unfall gehabt. I have had an accident (ai häv häd en 'äksident). Jemand ist ernsthaft verletzt. Somebody is seriously hurt ('sambedi is sie'riesli höt).
Rufen Sie bitte sofort einen Krankenwagen und die Polizei. Please call immediately an ambulance and the police (pliis kool i'miidietli en 'ämbjulens änd the pe'liis).
Geben Sie mir bitte Ihren Namen, Ihre Adresse und Ihre Versicherungsnummer. Please give me your name, your address and your insurance number (pliis giv mii jur neim, 'jur e'dres änd jur in'schuerens 'namber).

Unregelmäßige Verben

Lautschrift: 1. Form (**i**) 2. Form (**ä**) 3. Form (**a**).

begin (i)	began (ä)	begun (a)	beginnen
drink (i)	drank (ä)	drunk (a)	trinken
sing (i)	sang (ä)	sung (a)	singen
sink (i)	sank (ä)	sunk (a)	sinken
spring (i)	sprang (ä)	sprung (a)	springen
swim (i)	swam (ä)	swum (a)	schwimmen

Die Vergangenheitsform wird wie im Deutschen mit a geschrieben.

Lernen Sie bitte die Wörter von <u>Straße</u> bis <u>Umleitung.</u>

Zehnter Tag

Verhältniswörter (Präpositionen)

MS Mary flies **at** 7 pm (1) **from** London **to** Paris **with** the manager, but **without** her husband, **for** a concert in the Pleyel hall. The aircraft flies **above, between** and **below** the clouds. **During** the landing Mary looks **at** the Eiffel tower **by** night.

at (ät) um	above (e'bav) oberhalb
from von	between (bi'twiin) zwischen
to (tuu) nach	below (bi'lou) unterhalb
with mit	during ('djuering) während
without (with'aut) ohne	at auf
for (foor) für	by (bai) bei

1 Man verwendet von Mitternacht bis Mittag am (ei em), die Abkürzung von ante meridiem, von 12 bis 24 Uhr pm (pii em), die Abkürzung von post meridiem.

Mengenangaben: many, much, a lot (of)

MS **I** Do you have **many books** (1)?
   Hast du viele Bücher?
   II Yes, but I don't have **much time** (2) to read them.
   Ja, aber ich habe nicht viel Zeit, um sie zu lesen.
   III Yes, I have **a lot of books** (3) and **a lot of time** (4) to read them.
   Ja, ich habe viele Bücher und viel Zeit, sie zu lesen.

A **Many** steht vor Zählbarem (1), **much** vor Unzählbarem (2). **A lot of** steht vor Zählbarem (3) und Unzählbarem (4).
In Fragesätzen (I) und Verneinungssätzen (II) werden häufig many und much verwendet.
In Aussagesätzen (III) wird häufig a lot of verwendet.

Any

Ein Buchhändler telefoniert mit einem Schotten:

Händler: You can come at **any** time (1) and choose
           any book (2) / **any** books (3).
           Sie können zu **jeder** Zeit kommen
           und **irgendein** Buch / **irgendwelche**
           Bücher aussuchen.

Schotte: I   I have <u>no</u> money / I do <u>not</u> have <u>any</u> money.
             Ich habe <u>kein</u> Geld.

         II   Do you have **any** free books?
             Haben Sie kostenlose Bücher?

A   Any bedeutet jede/r/s (1), mit Sg irgendein/e/es (2),
      mit Pl irgendwelche (3).
      In Verneinungssätzen (I) verwendet man für <u>kein</u>
      entweder <u>no</u> (vor Hauptwörtern) oder <u>any</u>, wenn
      ein vorangehendes Verb verneint wird.
      In Fragesätzen (II) verwendet man any, wenn man sich
      über die Antwort unsicher ist.

Some

MS   I   Would you like **some** tea (1) and **some** biscuits (2)?
          Möchten Sie **etwas** Tee und **einige** Kekse?

     II   I would like some tea. Ich möchte etwas Tee.

A   Some bedeutet vor einem Singular: **etwas** (1), vor
      einem Plural: **einige** (2).
      Man verwendet some in Fragesätzen, wenn man
      eine positive Antwort erwartet (I) und in Aussage-
      sätzen (II).
      Die Zusammensetzungen (z. Bsp. somebody / any-
      body; something / anything) verwendet man wie
      some und any.
      Some und any werden im Deutschen oft nicht
      übersetzt.

Standardformulierungen

Das Interview

Reporter R, Mrs. Mary ... M

R Könnte ich Mrs. Mary ... sprechen? Could I speak
   to Mrs. Mary ...?
M Am Apparat. Speaking.
R Ich suche eine Pianistin, mit der ich ein Interview für
   das britische Fernsehen machen möchte. I am looking
   for a pianist, with whom I would like to have an interview for the British television.
M Könnten Sie mir die Fragen sagen, die Sie stellen werden. Could you tell me the questions, which you will
   pose?
R Ich werde zum Beispiel fragen. For example I will ask:
   Mögen Sie die moderne Musik? Do you like modern
   music?
   Gibt es ein Orchester, das Sie bevorzugen? Is there an
   orchestra which you prefer?
   Wo findet Ihr nächstes Konzert statt? Where does your
   next concert take place?
M Wann möchten Sie das Interview machen? When do
   you want to have the interview?
R Haben Sie nächste Woche Zeit? Do you have time next
   week?
M Wie lange dauert es? How long does it take?
R Zwei Stunden. Two hours.
M Es tut mir leid; ich habe nächste Woche Zeit, aber nur
   eine Stunde. I am sorry; I have time next week but only
   one hour.
R Das macht nichts. It does n't matter.
M Muss ich zum britischen Fernsehen fahren? Do I have
   to go to the British television?

R Wie weit ist es zu Ihrer Wohnung? How far is it to your apartment?

M Zehn Kilometer. Ten kilometers.

R Wie komme ich zu Ihrem Haus? How do I get to your house?

M Ich werde Ihnen eine Wegbeschreibung schicken. I will send you written directions.

R Wie viel kostet das Honorar pro Stunde? How much is the fee per hour?

M Ich muss darüber nachdenken. I will have to think about it.

R Danke. Thank you.

M Bitte. You are welcome.

Weitere Standardformulierungen

Das … funktioniert nicht. The … does not work.

Das … ist kaputt. The … is broken.

Es fehlt / es fehlen …There is no / there are no …

Können Sie es reparieren? Can you repair it?

Wann ist es fertig? When will it be ready?

Wann kann ich es abholen? When can I pick it up?

Ich brauche …I need …

Wo bekomme ich …? Where do I get …?

Gibt es hier …Is there … around here?

Wo ist der, die, das nächste …Where is the nearest …

Ich möchte … mieten. I would like to hire …

Gefällt es Ihnen? Do you like it?

Ist … inbegriffen? Is … included?

Lernen Sie bitte noch die Wörter von umsteigen bis Zug.

The casino / Das Kasino

Mr. Müller is a passionate gambler. Herr Müller ist ein lei-
denschaftlicher Spieler. Therefore he calls a taxi in front of
the station of Naples and says to the driver:
„Per favore casino."
Deshalb ruft er vor dem Bahnhof von Neapel ein Taxi und
sagt zum Fahrer:
„Per favore casino."
After 5 minutes the driver says with a wink:
„There is the entrance to the casino."
Nach 5 Minuten sagt der Fahrer mit einem Augenzwinkern:
„Hier ist der Eingang zum Kasino."
At the reception sits a beautiful lady, who greets Mr. Müller
with a friendly smile. An der Rezeption sitzt eine schöne
Frau, die Herr Müller mit einem freundlichen Lächeln
begrüßt.
„Excuse me", says Mr. Müller, „the customs officer said,
that my passport has expired."
„Entschuldigen Sie", sagt Herr Müller, „der Zollbeamte
sagte, dass mein Pass abgelaufen ist."
„Here your passport isn't necessary. Our clients set great
store by anonymity", says the lady with a wink.
„Hier ist Ihr Pass nicht nötig. Unsere Klienten legen Wert
auf Anonymität", sagt die Frau mit einem Augenzwinkern.
„That's really kind of you. In Germany you must produce
your passport every time you go to casino."
„Sehr freundlich von Ihnen. In Deutschland muss man je-
des Mal den Pass zeigen, wenn man in ein Kasino geht."
„At the moment all the rooms are occupied. But you can
drink an aperitif in the bar at the expense of the casino."
„Im Moment sind alle Räume besetzt; aber Sie können auf
Kosten des Casinos einen Aperitif in der Bar trinken."
Mr. Müller looks with great astonishment at the deep décol-
leté of the full-bosomed barmaid, who says with a smile:

„Would you like something to drink?"
Herr Müller betrachtet mit großem Staunen das tiefe De-
kolletee der vollbusigen Bardame, die mit einem Lächeln
sagt:
„Möchten Sie etwas trinken?"
Because it's very hot, he answers:
„A campari with ice."
Da es sehr heiß ist, antwortet er:
„Einen Campari mit Eis."
Preparing the aperitif the barmaid asks:
„Where do you come from?"
Während die Bardame den Aperitif vorbereitet, fragt sie:
„Von woher kommen Sie?"
„I come from a little village nearby Baden-Baden in Ger-
many."
„Ich komme aus einem kleinen Dorf in der Nähe von
Baden-Baden in Deutschland."
The winking of the barmaid reminds Mr. Müller of the
winking of the driver and the lady at the reception. Das
Augenzwinkern der Bardame erinnert Herr Müller an das
Augenzwinkern des Fahrers und der Empfangsdame.
„Are you in a casino for the first time ?"
„Sind Sie zum ersten Mal in einem Kasino?"
„No, in Baden-Baden I go to the casino twice a week,
mostly the whole night. When I have begun I cannot stop."
„Nein, in Baden-Baden gehe ich zweimal wöchentlich ins
Kasino, meistens die ganze Nacht; wenn ich begonnen ha-
be, kann ich nicht mehr aufhören."
„Here you can stay the whole night too. When did you go
to a casino for the first time ?"
„Hier können Sie auch die ganze Nacht bleiben. Wann
sind Sie zum ersten Mal in ein Kasino gegangen?"
„Thirty years ago we spent our honeymoon in Monte-
Carlo. Vor 30 Jahren verbrachten wir die Flitterwochen in
Monte-Carlo. While my wife went shopping I went to the
casino. Während meine Frau Einkäufe machte, ging ich in

das Kasino. The minimum stake was very low. Der Mindesteinsatz war sehr niedrig. What is the minimum stake here? Wie hoch ist der Mindesteinsatz hier?"

„Two hundred Euro."

"Zweihundert Euro."

„Oh, it's very high! Oh, das ist sehr hoch! In Baden-Baden the minimum stake is only two Euro. In Baden-Baden beträgt der Mindesteinsatz nur zwei Euro."

Suddenly a door opens. Plötzlich öffnet sich eine Tür. A gentleman comes out and behind him Mr. Müller sees a blond girl dressed only in some pink pants. Ein Mann kommt heraus, hinter dem Herr Müller eine blonde, nur mit einem rosaroten Slip bekleidete Frau sieht. Now he understands, where he is and the meaning of the three winks. Jetzt begreift er, wo er sich befindet und die Bedeutung des dreimaligen Augenzwinkerns. Then he begins to get angry. Dann beginnt er zu schimpfen:

„What a stupid driver! Was für ein dummer Taxifahrer! I said 'per favore casino'! Ich sagte 'per favore casino'!"

The barmaid laughs and says. Die Bardame lacht und sagt:

„Do not blame the driver. Geben Sie dem Fahrer keine Schuld. You said 'per favore casino'; this word means in Italian a house, where you can have fun with beautiful girls. Sie sagten 'per favore casino'; dieses Wort bedeutet im Italienischen ein Haus, wo man mit schönen Mädchen Spass haben kann. A house, where you can play roulette is called in Italian 'casinò'. Ein Haus, in dem man Roulette spielen kann, heißt im Italienischen casinò."

„A wrong accent and its consequences", says Mr. Müller laughing. „Eine falsche Betonung und ihre Folgen", sagt Herr Müller lachend.

Vokabular

Abend evening **ii**vning

Abendessen dinner diner

Abführmittel laxative läksetiv

abheben withdraw withdr**oo**

Abreise departure dip**aa**tsche

abreisen leave liiv

Abteil compartment (paa)

Achtung! attention et**e**nschen

Adapter LS ed**ä**pter

Adresse address edr**e**s

alkoholfrei non-alcoholic

allein alone el**oun**

Allergie allergy **ä**led_schi_

alle(s) all ool

als (Vergleich) than thän

Alter age eid_sch_

Altstadt old town ould taun

anbieten offer **o**fer

andere(r,s) other **a**ther

Anfang beginning big**i**ning

angeln fish fisch

angenehm pleasant pl**e**snt

anhalten stop

ankommen arrive era**i**v

Ankunft arrival era**i**vel

Anlegestelle mooring mu**e**ring

anmelden enrol inr**oul**

annehmen accept eks**e**pt

annullieren cancel k**ä**nsel

anprobieren try on trai

Anschluss connection (ken**e**k)

Antiquität antique änt**i**ik

anzeigen report rip**oot**

Anzug suit suut

Aperitif LS ep**e**riti**if**

Apfel apple **ä**pl

Apotheke pharmacy f**aa**mesi

Aprikose apricot **ei**prikot

April LS **ei**prel

arbeiten work wök

Architektur architecture
aakit**e**ktscher

Arm LS aam

Arzt doctor dokter

Aschenbecher ashtray **ä**schtrei

atmen breathe briith

Attest certificate setifikit

auch also **oo**lsou

Aufenthalt stay stei

aufstehen get up g**e**t ap

Aufzug lift

Auge eye ai

August LS **oo**gest

Ausdruck expression
ikspr**e**schen

Ausgang exit **e**ksit

ausgeben spend sp**e**nd

ausgehen go out gou aut

Auskunft information
infem**ei**schen

Aussicht view vjuu

aussprechen pronounce
pren**au**ns

aussteigen get out g**e**t aut

58

Ausverkauf sale seil
Auto car kaar
Autobahn motorway moutewei
Autoverleih car hire kaar haie

B

Bäckerei bakery beikeri
Bad bath baath
~emantel bathrobe baathroub
~meister life guard laif gaad
baden swim
Bahnhof station steischen
bald soon suun
Balkon balcony bälkeni
Bank LS bängk
Batterie battery bäteri
bauen build bild
Baum tree trii
Baumwolle cotton kotn
Beanstandung complaint kempleint
bedeuten mean miin
bedienen serve söv
Bedienung service sövis
beenden end end
befinden, sich be bii
beginnen begin bigin
begleiten accompany (ka)
behandeln (Arzt) treat triit
Beilage side dish said disch
Bein leg leg
beißen bite bait
Bekleidung clothes klouths
bekommen get get
benachrichtigen inform

benutzen use juus
Benzin petrol petrel
Berg mountain mauntin
~führer mountain guide gaid
Beruf profession prefeschen
berühren touch tatsch
beschäftigen occupy okjupai
beschreiben describe diskraib
Besen broom bruum
besichtigen visit visit
Besichtigung sightseeing (sai)
besorgen get get
bestätigen confirm kenföm
bestellen order ooder
betrachten look at luk ät
Betrag amount emount
Bett bed bed
Bettdecke blanket blängkit
Bettlaken sheet schiit
bewachen guard gaad
bewegen move muuv
bezahlen pay pei
Bier beer bier
Bild painting peinting
Bildhauer sculptor skalpter
~hauerei sculpture skalptsche
billig cheap tschiip
bitte please pliis
bitten ask aask
blau blue bluu
bleiben stay stei
bleifrei unleaded anledid
Blick look luk
Blume flower flauer
Bluse blouse blous

benachrichtigen inform
Blut blood blad
bluten bleed bliid
Boot boat bout
Botschaft embassy embesi
Braten roast roust
Bratspieß skewer skjuer
brauchen need niid
braun brown braun
brechen break breik
Bremse brake breik
Brief letter leter
Briefkasten
letter box leter boks
Briefmarke stamp stämp
Brieftasche wallet wolit
Briefumschlag envelope (ou)
Brille glasses glaasis
bringen bring
Brot bread bred
Brötchen roll roul
Brücke bridge bridsch
Bruder brother brather
Brunnen fountain fauntin
Buch book buk
~handlung bookshop ~schop
buchstabieren spell spel
bügeln iron aien
Burg castle kaasl
Büro office ofis
Bushaltestelle
bus stop bas stop
Butter LS bater
C
Camping LS kämping

Bluse blouse blous
Cousin(e) cousin kasn
D
Dame lady leidi
~nbinde sanitary towel (tau)
danken thank thängk
Datum date deit
dauern last laast
dein(e) your jur
denken think thingk
deutsch German dschömen
Deutschland Germany
Dezember December (disem)
Dia slide slaid
Diabetes diabetes daiebiitis
Diät diet daiet
Diebstahl theft theft
Dienstag Tuesday tjuusdei
Diesel LS diisel
dieser this pl these thiis
direkt direct dairekt
Dolmetscher interpreter
intöpriter
Dom cathedral kethiidrel
Donnerstag Thursday thösdei
Doppelzimmer double room
dabl ruum
Dorf village vilidsch
dort there theer
Dose can kän
~nöffner can opener oupner
dringend urgent ödschent
Drittel third thöd
drücken press pres
dumm stupid stjuupid

dürfen can kän, may mei
Durst thirst thöst
Dusche shower schauer
E
echt real riel
Ei egg *eg*
eigen own oun
Eigentum property propeti
Eilbote express ikspr*es*
Eile hurry hari
Eimer bucket bakit
Einbahnstraße one-way street
einchecken check-in tsch*e*kin
Eingang entrance entr*e*ns
einige some sam
Einkaufszentrum shopping
center schoping s*e*nter
einladen invite invait
einsteigen get in g*e*t in
Eintrittskarte ticket tikit
~preis admission fee (fii)
Einwohner inhabitant (hä)
einzahlen (Konto) pay pei
Einzelzimmer
single room singl ruum
Eis ice ais
Eisdiele ice-cream parlour
ais-kriim paaler
Eislauf ice-skating skeiting
elektrisch electric il*e*ktrik
Eltern parents p*e*erents
Empfang reception
ris*e*pschen
empfehlen recommend
Ende end

Endstation terminal 'töminl
eng narrow 'närou
enthalten contain kentein
Entscheidung decision (di)
entschuldigen excuse ikskjuus
entwerten cancel känsel
Erdbeere strawberry strooberi
erklären explain iksplein
erlauben allow elau
Ermäßigung reduction (ri..da)
erreichen reach riitsch
essen eat iit
Essen (Mahlzeit) meal miil
Essig vinegar viniger
etwas something samthing
F
Fähre ferry 'feri
fahren go gou
Fahrkarte ticket tikit
Fahrkartenschalter
ticket office tikit ofis
Fahrplan timetable taimteibl
Fahrrad bike baik
Familie family fämili
Farbe colour kaler
Farbfilm
colour film
Februar February februeri
fehlen be missing bii mising
Fehler mistake misteik
Feiertag holiday holidei
Fenster window windou
Ferien holidays holideis
Fernglas binoculars (nokjules)
Fernsehen television (teli)

fertig ready redi
Fett fat fät
Feuer fire faier
Feuerzeug
lighter laiter
Fieberthermometer
thermometer themomiter
Film
(Foto) film
(Kino) movie muuvi
finden
find faind
Finger finger
Fisch fish
Flasche bottle 'botl
Flaschenöffner
bottle opener 'botl 'oupner
Fleisch meat miit
Flohmarkt
flea market flii 'maakit
Flug flight flait
Flughafen airport 'eepoot
Flugzeug plane plein
Fluss river 'river
Flüssigkeit liquid 'likwid
Flut flood flad
folgen follow folou
Form LS foom
Foto LS foutou
Fotoapparat
camera kämere
Fotograf
photographer fetogrefer
fotografieren
photograph foutegräf

Frage question kwestschen
fragen ask aask
Frau woman wumen
Fremdenführer guide gaid
Fremdenverkehrsamt
tourist office tuerist ofis
Fresko fresco freskou
Freund (boy) friend frend
Freundin (girl) friend göl
freundlich friendly frendli
Friedhof cemetery semitri
Friseur hairdresser heerdreser
Fruchtsaft fruit juice dschuus
Frühling spring
Frühstück breakfast brekfest
fühlen feel fiil
Führerschein driving
licence draiving laisens
Führung tour tuer
Fundbüro
lost property office
funktionieren work wök
Fuß foot fut
~weg path
G
Gabel fork fook
ganz whole houl
Garderobe cloakroom
kloukruum
Garten garden gaadn
Gasflasche bottle of gas
Gasthaus inn
Gatte husband hasbend
geben give giv
Gebiet region riidschen

62

Gebirge mountains mauntins
geboren born boon
gebraten roasted rousted
Gebühr charge tschaadsch
Geburtsdatum date of birth deit of böth
Geburtstag birthday böthdei
Gedeck cover kaver
Geduld patience peischens
Gefahr danger deindscher
gefährlich dangerous
gefallen please pliis
Geflügel poultry poultri
gegenüber opposite opesit
gehen go gou
gekocht cooked kuked
Geld money mani
Geldbeutel purse pös
Geldschein banknote (nout)
Geldwechsel exchange ikstscheindsch
Gemüse vegetable vedschtebl
genug enough inaf
Gepäck baggage bägidsch
Gepäckaufbewahrung checkroom tschekruum
gern with pleasure plescher
Geschäft (Laden) shop schop
Geschenk gift
Geschichte history histeri
Geschwindigkeit speed spiid
Gesicht face feis
gestern yesterday jestedei
Gesundheit health helth
Gesundheit! bless you

Gesundung convalescence
Getränk drink
getrennt separate sepret
Gewicht weight weit
Gewinn profit
Gewürz spice spais
Glas glass glaas
glauben believe biliiv
gleich same seim
gleichgültig indifferent
Gleis track träk
Gleitschirmfliegen paragliding päreglaiding
Glockenturm bell tower (tau)
Glück luck lak
glücklich happy häpi
Glückwunsch congratulations
Glühbirne light bulb lait balb
Gold LS gould
Golfplatz golf course koos
Gottesdienst service sövis
Grad degree digrii
Gramm gram gräm
Grenze border booder
Grill grill
Größe (Kleidung) size sais
grün green griin
Gruppe group gruup
Gruß greeting griiting
grüßen greet griit
gültig valid välid
Gurke Essig~ gherkin gökin
Gürtel belt belt

H

Haar hair heer

Haarbürste hairbrush(brasch)
haben have häv
Hafen harbour haaber
Hähnchen chicken tschiken
Haken hook huk
halb half haaf
halbieren halve haav
Halbpension
half-board haaf bood
Hälfte half haaf
halten hold hould
Haltestelle stop
Hand LS händ
Handschuh glove glav
Handtasche handbag händbäg
Handtuch towel tauel
Handlung action äkschen
Handy mobile moubail
Haus house hous
Haut skin
heißen be called bii kooled
Heizung heating hiiting
helfen help help
Hemd shirt schöt
Herbst autumn ootem
Herr gentleman dschentlmen
herrlich marvellous maaveles
Herz heart haat
heute today tedei
Hilfe help help
Himmel sky skai
hin und zurück
there and back theer änd bäk
hinlegen put down put daun

hinter behind bihaind
Hitze heat hiit
Hochsaison high season hai siisn
holen get get
hören hear hier
Hose trousers pl trausis
Hotel LS houtel
Hubschrauber helicopter helikopter
Hund dog
Hunger LS hanger
Hut hat hät

I
immer always oolweis
impfen vaccinate väksineit
inbegriffen inclusive inkluusiv
Infektion LS infekschen
Information LS infemeischen
innerhalb inside insaid
Insekt insect insekt
Insektenstich insect bite insekt bait
Insel island ailend
interessieren interest intrist
Italien Italy iteli
italienisch Italian itäljen

J
Jacke jacket dschäkit
Jahreszeit season siisn
Jahrhundert century sentjuri
Januar January dschänjueri
jeder, ede, jedes each iitsch
jemand somebody sambedi

64

jener that thät pl those thous
jetzt now nau
Jugendherberge
youth hostel juuth hostel
Juli July dschuulai
Junge boy boi
Juni June dschuun
Juwelier jeweller dschuueler
K
Kalbfleisch veal viil
Kamm comb koum
kaputt broken brouken
Karpfen carp kaap
Karte card kaad
Kartenverkauf
sale of tickets
seil of tikits
Kartoffel
potato peteitou
Käse cheese tschiis
Kasse cash desk käsch desk
Kaufhaus department store
dipaatment stoor
kaufen buy bai
Keks biscuit biskit
Kellnerin waitress weitris
kennen know nou
Kerze candle kändl
Kilo LS kiilou
Kilometer LS kilomiter
Kind child tschaild
Kinderarzt paediatrician
piidietrischen
Kleid dress dres
Klimaanlage air conditioning

Klingel bell bel
klingeln ring
klopfen (Tür) knock nok
Kloster monastery monesteri
Knie knee nii
Knopf button batn
kochen (Speisen) cook kuk
Koffer (suit) case (suut) keis
~kuli trolley troli
~raum (Auto) boot buut
kohlensäurehaltig
carbonated
kaabeneited
kommen come kam
Konditorei cake shop keik
können can kän
Konto account ekaunt
kontrollieren control kentroul
Konzert concert konset
Kopf head hed
Kopfkissen pillow pilou
Korkenzieher corkscrew
kookskruu
kosten cost kost
krank ill il
Krankenhaus hospital hospitl
~kasse medical insurance in-
schuerens company kampeni
~schwester nurse nös
~wagen ambulance ämbjulens
Krankheit illness ilnis
Kreditkarte credit card
Kreuzfahrt cruise kruus
Kreuzung crossroads ~rouds
Kuchen cake keik

Küche kitchen kitschin
Küchenchef chef sch*ef*
Kunst art aat
Künstler(in) artist **aa**tist
Kurs course koos
Kurtaxe visitors' tax
visiters täks
L
Lachs salmon sämen
Lamm lamb läm
Lampe lamp lämp
Land country kantri
Langlauf cross-country
lassen (erlauben) let l*et*
laut loud laud
Lautsprecher speaker spiiker
leben live liv
Lederwaren leather goods
leider unfortunately
anfootschnitli
leihen (ver~) lend l*e*nd
lesen read riid
Leute people piipl
Licht light lait
Lichtschutzfaktor protection
factor pret*e*kschen fäkter
lieben love lav
Lied song
Liegestuhl lounger (laundsch)
~wagen couchette kuusch*e*t
Likör liqueur likj*u*er
Limonade lemonade l*e*men*e*id
Lippe lip
Lippenstift lipstick
Liste list

Liter litre liiter
Löffel spoon spuun
Loipe cross-country ski run
Luftmatratze
airbed *e*erb*e*d
Luftpost airmail *e*emeil
M
machen (tun) do duu
Magen stomach stamek
Mal time taim
malen paint peint
Maler painter peinter
Malerei painting p*e*inting
man one wan
Mann man män
Mannschaft
team tiim
Mantel coat kout
Markt market maakit
Marmelade jam d*sch*äm
März March maatsch
Material material met*i*eriel
Matratze mattress mätris
Mauer wall wool
Maut toll toul
Mechaniker mechanic (kä)
Medikament medicine m*e*dsin
Meer sea sii
Meeresfrüchte seafood siifuud
mehr more moor
Menge quantity kwontiti
Messe (Handel) fair f*e*er
messen measure m*e*sch*e*r
Messer knife naif
Meter LS miiter

Metzger butcher butscher
Miete (Whg) rent rent
mieten rent rent
Milch milk
mindestens at least ät liist
Mineralwasser
mineral water minerel wooter
Minigolf minigolf
Minute LS minit
mitnehmen take away e'wei
Mittagessen lunch lantsch
Mitte middle midl
Mitternacht midnight midnait
mittlere(r,s) middle midl
Mittwoch
Wednesday wensdei
Mode fashion fäschen
mögen like laik
möglich possible posebl
Möhre carrot käret
Moment LS moument
~ mal just a minute
Monat month manth
monatlich monthly manthli
Mond moon muun
Montag Monday mandei
morgen tomorrow temorou
Morgen morning mooning
Motor LS mouter
~boot motorboat mouterbout
Motorrad motorbike baik
Mücke mosquito moskitou
müde tired taied
Mülleimer
rubbish bin rabisch bin

Mund mouth mauth
Münze coin koin
Museum museum mjuusiem
Muskel muscle masl
müssen have to häv tuu
Mutter mother mather

N
Nachmittag afternoon ~nuun
Nachricht message mesidsch
Nachsaison off season siisn
nachsehen look luk
nächste(r,s) next nekst
Nacht night nait
Nachtisch dessert disöt
Nacken neck
Nagel (Finger~)nail neil
Nagelschere
nail scissors neil 'sises
nahe near nier
Name LS neim
Nase nose nous
Nationalität nationality
näschenäliti
nehmen take teik
Neujahr New Year njuu jier
nicht not
nichts nothing nathing
nie never never
noch still
Norden north nooth
Notausgang emergency
exit imödschensi eksit
Notfall emergency
nötig necessary nesiseri
November LS nouvember

Nummer number namber
nur only ounli
Nuss nut nat

O

Obst fruit fruut
~salat fruit salad säled
oft often ofen
öffnen
open oupen
Öffnungszeiten
hours of business
auers of bisnis
Ohr ear ier
Oktober October oktouber
Öl oil
Ölstand oil level oil levl
Omelett omelette omlit
Onkel uncle angkl
Oper opera opere
Operation LS opereischen
Optiker optician optischen
Orange LS orindsch
Ort place pleis
Osten east iist
Ostern Easter iister

P

Paar pair peer
Papier paper peiper
Parfüm perfume pöfjuum
Park LS paak
parken park paak
Parkplatz car park kaar paak
Parkuhr parking meter
paaking miiter
Party LS paati

Pass passport 'paaspoot
Patient(in) patient 'peischent
Person LS pösn
Personalausweis
identity card aidentiti kaad
Pfeffer pepper peper
Pferd horse hoos
Pfirsich peach piitsch
Pflanze plant plaant
Pflaster plaster plaaster
Pfund pound
Pille pill
Pilz fungus fanges
Pistazie
pistachio pistaaschiou
Plastiktüte plastic bag plästik
Platten flat tyre flät taier
Platz square skwär
Sitz~ seat siit
Polizei police pe'liis
Pommes frites chips
Portier porter pooter
Portion LS pooschen
Post post office poust ofis
~karte postcard poustkaad
prächtig splendid splendid
Preis price prais
privat private praivit
Programm program prougräm
Prospekt brochurebrouschjuer
prost cheers tschiers
Prozent per cent pör sent
pünktlich on time taim

Q

Quittung receipt risiit

68

R

Rabatt discount diskaunt
Radtour bike ride baik raid
Rasierapparat razor reiser
Rat advice edvais
Rathaus town hall taun hool
rauchen smoke smouk
Raucher smoker smouker
Rechnung bill bil
Regen rain rein
Regenmantel
raincoat reinkout
~schirm umbrella ambrele
regnen rain rein
Reifen Kfz tyre taier
Reifenpanne flat flät
rein pure pjuer
reinigen clean kliin
Reis rice rais
Reise journey dschöni
Reiseführer guide gaid
reisen travel trävl
Reklamation complaint
kempleint
Reparatur repair ripeer
reparieren repair ripeer
reservieren reserve risöv
Reservierung reservation
reseveischen
Rettungsring
life belt laiv belt
Rezept prescription
priskripschen
Richtung direction direkschen
Rock skirt sköt

roh (ungekocht) raw roo
Rolltreppe escalatoreskeleiter
röntgen X-ray eksrei
rosa pink
rösten toast toust
rot red red
Rücken back bäk
Rückkehr return ritön
Rucksack LS raksäk
Ruderboot rowboat roubout
rufen herbei~ call kool
Ruhetag closing day klousing
ruhig quiet kwaiet
Ruhm glory kloori
rund round
Rundblick panorama
Rundfahrt tour tuer

S

Saft juice dschuus
sagen say sei
Sahne cream kriim
Saison season siisn
Salat salad säled
Salz salt soolt
Samstag Saturday sätedei
Sand LS sänd
sauber clean kliin
Schachtel box boks
Schaden damage dämidsch
Schal shawl school
scharf (gewürzt) spicy spaisi
Schatten shadow schädou
Schaufenster shop window
Scheibe (Wurst) slice slais

schicken send send
Schiff ship schip
Schinken ham häm
schlafen sleep sliip
Schlafwagen sleeper sliiper
schließen close klous
Schloss castle kaasl
Schlüssel key kii
Schlussverkauf sale seil
schmecken taste teist
Schmerz pain pein
schmutzig dirty döti
Schnee snow snou
schneiden cut kat
Schnellzug express
ikspres
Schnitzel cutlet katlit
schon already oolredi
schreiben write rait
Schuh shoe schuu
Schweinefleisch pork
Schwester sister sister
Schwierigkeit difficulty
difikelti
schwimmen swim
See lake leik
Segelboot sailing seiling boat
segeln sail seil
sehen see sii
Seife soap soup
Seilbahn cable way keiblwei
September LS september
servieren serve söv
Serviette LS söviet
Sessellift chair lift tscheer

setzen put
sicher certain söten
Ski fahren ski skii
Skilift ski lift skii lift
Skulptur sculpture skalptsche
Socke sock sok
sofort immediately imiidietli
Sohn son san
Sommer summer samer
Sonne sun san
~ncreme suntan cream santän
Sonnenschirm
sunshade sanscheid
Sonntag Sunday sandei
sonst else els
Soße sauce soos
Spanien Spain spein
spät late leit
Speisekarte menu menjuu
(~wagen restaurant car)
Spiegel mirror mirer
Spielbank casino kesiinou
spielen play plei
sprechen speak spiik
Stadt town taun
Stadtplan map mäp
statt instead of insted
Steak LS steik
Steckdose socket sokit
stehen stand ständ
stehlen steal stiil
stellen put
Stil style stail
Stockwerk floor
Stoff cloth kloth

stören disturb distöb
Strand beach biitsch
Straße street striit
Stromspannung voltage voultidsch
Strumpf sock sok
Stück piece piis
Stuhl chair tscheer
Stunde hour auer
suchen look for luk foor
Süden south sauth
Supermarkt supermarket
Suppe soup suup
T
Tabakladen tobacconist's
Tag day dei
Tankstelle petrol station
tanzen dance daans
Tarif rate reit
Tasche (Hose) pocket pokit
Taschentuch hanky hängki
Tasse cup kap
tauchen dive daiv
Tee tea tii
Teelöffel teaspoon tiispuun
Teigwaren pasta päste
Teil part paat
Telefon (tele) phone foun
~buch phone book foun buk
~karte phone card founkaad
~zelle phone box founboks
telefonieren phone
Teller plate pleit
Termin appointment
Terrasse terrace teres

Theater theatre thieter
Tier animal änimel
Tisch table teibl
~tennis ping-pong
Tochter daughter dooter
Toilette (WC) toilet toilet
~npapier toilet paper peiper
Tomate tomato temeitou
tragen carry käri
Tragetasche carrier bag bäg
Transport LS tränspoot
Traube grape greip
treffen meet miit
Treppe stairs pl steers
Tretboot pedal pedl boat
trinken drink
Trinkwasser drinking water
Tropfen drop
Tür door
Turm tower tauer
U
U-bahn underground
überqueren cross kros
Überraschung surprise seprais
~setzung translation leischen
Uhr clock klok
Uhrzeit time taim
Umleitung diversion daivöschen
umsteigen change tscheindsch
Unfall accident äksident
ungefähr about ebaut
unterschreiben sign sain
Unterschrift signature signetscher

71

V

Vanille vanilla venile
Vater father
Ventilator
LS ventileiter
verbieten forbid febid
vergessen forget feget
verheiratet married märid
Verkauf sale seil
verkaufen sell sel
Verleih rent rent
verlieren lose luus
vermieten rent rent
verschieden different difrent
Versicherung assurance(schu)
Verspätung delay dilei
verstehen understand andeständ
Vertrag contract konträkt
vielleicht perhaps pehäps
Viertel quarter kwooter
voll full ful
Vorspeise starter staater
vorstellen present presnt
Vorwahl (Tel) code koud
vorziehen prefer priför

W

warten wait weit
Waschbecken basin beisn
waschen wash wosch
Wasser water wooter
~hahn tap täp
wechseln change tscheindsch
wecken wake weik
Wein wine wain
weniger less les
Werkstatt garage gärasch
Werktag working day
Wetter weather wether
wichtig important impootent
wiederholen repeat ripiit
~sehen see again sii egen
Wind wind
Winter LS winter
wissen know nou
wo where
Woche week wiik
wohnen live liv
Wohnung apartment (epaat)
Wohnwagen caravan kärevän
Wolke cloud kloud
wollen want wont
Wort word wöd
wünschen wish wisch
Wurst sausage sosidsch

Z

Zahl number namber
zahlen pay pei
Zahn tooth tuuth
Zahnarzt dentist
Zahnpasta toothpaste (peist)
zeigen show schou
Zeit time taim
Zeitung (news)paper
Zentrum center senter
Zimmer room ruum
Zucker sugar schuger
Zug train trein
zurückkehren return ritön